dtv

Es ist sein 36. Geburtstag, als Mortimer Decime sich in seinem neuen schwarzen Anzug ins Bett legt, bereit zu sterben. Er will sich nicht umbringen, nein, aber dennoch ist klar: Er wird an diesem Tag seinen letzten Atemzug tun, so wie all seine männlichen Vorfahren an ihrem 36. Geburtstag, zurückzuverfolgen bis ins Jahr 1623. Völlig unerwartet bleibt Mortimer jedoch von dem merkwürdigen Fluch verschont. Was nun? Job und Wohnung sind gekündigt, und angesichts seines zu erwartenden Todes hat der junge Mann bisher keinerlei Ziele gehabt. Nun muss er also lernen zu leben. Zum Glück unterstützen ihn Nassardine und Paquita vom Crêpe-Stand an der Ecke – und die Hutmacherin Jasmine, die manchmal auf Parkbänken zu weinen anfängt, damit es den Menschen um sie herum besser geht ...

Marie-Sabine Roger, 1957 nahe Bordeaux geboren, lebt nach längeren Aufenthalten in Québec, Madagaskar und La Réunion mit ihrer Familie in Charente/Westfrankreich. Ihre in zahlreiche Sprachen übersetzten Romane wurden mit mehreren Preisen ausgezeichnet und teilweise fürs Kino verfilmt. Zuletzt bezauberte sie Hunderttausende mit ›Das Labyrinth der Wörter‹ (dtv 21284), ›Der Poet der kleinen Dinge‹ (dtv 21432) und ›Das Leben ist ein listiger Kater‹ (dtv 21582).

Marie-Sabine Roger

Heute beginnt der Rest des Lebens

Roman

Aus dem Französischen von
Claudia Kalscheuer

dtv

Ausführliche Informationen über
unsere Autoren und Bücher
www.dtv.de

Von Marie-Sabine Roger
sind bei dtv außerdem erschienen:
Das Labyrinth der Wörter (21284)
Der Poet der kleinen Dinge (21432)
Das Leben ist ein listiger Kater (21582)

MIX
Papier aus verantwortungsvollen Quellen
FSC® C019821
FSC
www.fsc.org

Ungekürzte Ausgabe 2016
dtv Verlagsgesellschaft mbH & Co. KG, München

Titel der französischen Originalausgabe:
›Trente-six chandelles‹
(Éditions du Rouergue, Arles 2014)

Deutsch von Karin Krieger
Hoffmann und Campe Verlag, Hamburg 2015
Umschlaggestaltung unter Verwendung eines Bildes
von Markus Roost
Satz: Dörlemann Satz, Lemförde
Gesetzt aus der Granjon 11,5/14,4
Druck und Bindung: Druckerei C.H.Beck, Nördlingen
Gedruckt auf säurefreiem, chlorfrei gebleichtem Papier
Printed in Germany · ISBN 978-3-423-21654-8

Für Samuel, Meltem und Mila
Für Antoine und Marion
Für Cécile

MORTY STIRBT

Man kann noch so sehr versuchen, das Unvorhersehbare vorherzusehen, es kommt immer etwas dazwischen, und zwar zum denkbar unpassendsten Zeitpunkt: Ich war gerade im Begriff zu sterben.

Sterben gehört zu den besonders intimen Momenten, bei denen man keine Zeugen gebrauchen kann. Ich hatte mich lange darauf vorbereitet. Mein Mietvertrag war zum Monatsende gekündigt. Ich hatte geputzt, den Müll runtergebracht, Vorratsschränke und Kühlschrank geleert, Fenster und Böden ordentlich geputzt. Nach meinem Morgenkaffee hatte ich Gas und Strom abgestellt.

Meine Papiere waren alle in Ordnung. Ich konnte in Ruhe abtreten.

Zur Feier des Tages hatte ich mir sogar einen Traueranzug gekauft, samt passendem Hemd und Schuhen. Ich hatte nicht an Dunklem und Schwarzem gespart. Was die Socken anging, war mir die Entscheidung schwerer gefallen. Gemustert, mit diskreten Streifen? Nach langem Hin und Her hatte ich mir eine kleine Extravaganz geleistet: rote und gelbe Bärchen, Andy-Warhol-mäßig geklont, auf einem Hintergrund von ewigem Schnee.

Wenn schon sterben, dann wenigstens gut bestrumpft.

Ich liebte diese Socken.

Ich war früher aufgestanden als sonst. Schon um sechs Uhr. Es war ein bedeutender Tag, und ich wusste, dass ich sein Ende nicht erleben würde.

Ich holte mir beim Bäcker Croissants und kochte Kaffee. Ich blätterte meine Fotoalben durch. Ich wischte noch mal über meinen blitzblanken Herd, versuchte, mir einen Film anzuschauen, zu lesen – ohne Erfolg. Ich schaute zweihundertmal auf die Wanduhr. Es ist eigenartig, wie die Zeit sich zu verlangsamen scheint, wenn man auf etwas wartet. Die Stunden werden zähflüssig, die Minuten ziehen sich gummiartig dahin, klebrig wie ein langer Speichelfaden, der aus einem Hundemaul rinnt. Ich wartete schon so lange auf diesen Endpunkt. Dass ich mich freute, wäre wohl zu viel gesagt, aber ich war neugierig, was passieren würde. Ich ärgerte mich nur ein bisschen, dass es hier passierte. Im Laufe der letzten Jahre hatte ich mir tausend ausgefallene bis großartige Möglichkeiten ausgemalt: den Abgang in einer Opiumhöhle im tiefsten China zu machen. Zu den Klängen eines alten Didgeridoos bei den Aborigines. An den Hängen eines Vulkans. In den Armen von Jasmine im Herzen Manhattans. Natürlich hatte ich für all das nichts getan. Wie es meine Art war, hatte ich meine Zeit vertrödelt und die Wahl meines letzten Reiseziels immer auf den nächsten Tag verschoben. Mit dem Ergebnis, dass ich keinerlei Entscheidung getroffen hatte und wie Hinz und Kunz daheim sterben würde. Dieser letzte Vormittag war sehr enttäuschend, ich konnte sein Ende kaum erwarten.

Fünfzig Minuten vor der vorgesehenen Zeit legte ich mich, da ich nichts mehr mit mir anzufangen wusste und mich langsam ernsthaft langweilte, auf meine Schlafcouch, um mich etwas zu entspannen, in der berühmten »Totenstellung«, die allen Verstorbenen wie auch allen Yoga-Adepten wohlvertraut ist – Letzteres war ich seit drei Wochen. Handflächen Richtung Himmel geöffnet, Beine leicht gespreizt, Fußspitzen locker nach außen fallend, Zwerchfell entspannt, Atem langsam und ruhig fließend, die Augen starr auf die verdammte Wanduhr über der Abzugshaube gerichtet, die meinem Bett direkt gegenüber hing und nicht aufhören wollte, an meinen restlichen Sekunden zu nagen, mit der Diskretion einer alten Dame, deren Gebiss mit einem trockenen Brotkanten kämpft.

Es war schon zehn Uhr zwölf.

Um zehn Uhr dreizehn klopfte es energisch an der Tür, die gleich darauf aufflog und sofort wieder zuknallte. Wusste ich doch, dass ich etwas vergessen hatte: Ich hatte nicht daran gedacht, den Riegel vorzuschieben.

»Liegst du noch im Bett, du Faultier?«, rief mir Paquita zu, während sie flink durch meine Einzimmerwohnung lief wie eine dralle Antilope, die auf zwölf Zentimeter hohen Absätzen zum Wasserloch trippelt. Sie warf ihren Kunstpelz auf mein Bett, dann trat sie hinter die Theke, die die Küchenecke von meinem Wohn-Schlaf-Arbeitszimmer trennt. Paquita ist überall zu Hause, vor allem, wenn sie bei mir ist. Sie gehört zu diesen überaus elastischen Menschen, die sofort jeden Raum ausfüllen, ganz egal, wie groß er ist.

Sie fragte: »Weißt du, dass deine Klingel nicht geht?«

Klar, ich habe selber den Strom abgestellt.

Sie streifte mich mit dem Blick, und da war ihr doch eine leichte Überraschung anzumerken: »Schläfst du neuerdings im Anzug?«

Dann: »Was sind das denn für Socken? Warst du beim Roten Kreuz shoppen oder wie?«

Sie lachte über ihren eigenen Witz. In Sachen Humor ist sie nicht besonders anspruchsvoll.

Sie nahm eine Tasse aus dem Küchenschrank und meinte: »Ich hoffe, du hast noch Kaffee übrig? Ah, ja, Glück gehabt!«

Dann: »Na, du hast aber aufgeräumt! Hast dir wohl eine Freundin zum Valentinstag eingeladen, du alter Schlawiner?«

Nein.

Dann: »Dein Herd funktioniert ja auch nicht! Bei dir ist wohl eine Sicherung durchgebrannt, wie?«

Ich nehme an, ja. Bestimmt schon vor einer ganzen Weile.

Und dann: »Ist nicht schlimm, er ist noch warm.«

Und sofort darauf: »Himmel! Dein Kühlschrank ist

ja leer wie die Wüste von Colorado, Schätzchen! Wenn Wind aufkommt, fegen da Graskugeln durch, wie im Western!«

Wohl kaum, die besagten »Graskugeln«, genannt *tumbleweeds* oder auch Steppenläufer – mit echtem Namen *Salsola tragus* –, sind nämlich überwiegend in den Wüsten des Nordens der Vereinigten Staaten zu finden und nicht in Colorado.

Im übrigen weht in einem Kühlschrank nie Wind. Vollkommen hirnrissig.

Aber Widerspruch ist zwecklos, Paquita hört selten zu, wenn man ihr etwas sagt. Ich habe nichts richtiggestellt, weder in Sachen Botanik noch in Bezug auf meine Kleiderwahl.

Ich liebte diese Socken. Punkt.

Und sie war sicher nicht die Richtige, um mich in Kleidungsfragen zu beraten: Paquita läuft herum wie eine Nutte. Das sage ich ohne jede Geringschätzung, das war ihre erste Berufung, und ich habe Respekt vor allen, die ein Lebensziel haben. Aber man macht eben nicht immer, was man gern gewollt hätte. Nassardine hat sie vom Strich geholt, bevor sie dort Fuß fassen konnte. Aber das ist eine andere Geschichte.

Ich hätte sie gern erzählt, wenn ich mehr Zeit gehabt hätte.

Na gut, ich erzähle sie doch

Ich kenne Paquita und Nassardine seit über zwanzig Jahren. Paquita muss mir an die hundert Mal erzählt haben, wie sie sich begegnet sind, während Nassardine mit feuchten Hundeaugen dazu nickte und ihr an den ergreifenden Stellen die Hand tätschelte.

Es war im Frühling, mitten auf dem Rummel.

Paquita war siebzehn, sie arbeitete als Kellnerin – noch nicht mehr als das, aber es zeichnete sich schon ab – in einer Bar mit Wettbüro, die sich allmählich zum Puff entwickelte. Der Wirt war ehrgeizig, er schickte seine Frau und seine Töchter auf den Strich und träumte davon, seinen Stall zu vergrößern, um sein kleines Geschäft auszuweiten. Paquita brachte die idealen Voraussetzungen mit. Sie war ausdauernd, fröhlich, fleißig. Sie hatte einen umwerfenden Hintern und einen schwindelerregenden Vorbau. Außerdem war sie nicht schüchtern, und Ende des Sommers wäre sie volljährig. Lauter wertvolle und sogar unabdingbare Eigenschaften für ein Mädchen, das es in der Branche zu etwas bringen will.

Vor ihr lag eine strahlende Zukunft, wenn sie dem Wirt glauben wollte, der sie »mein Pferdchen« nannte und ihren Hintern begrapschte, um die Qualität seiner Ware zu überprüfen.

Nassardine war neunzehn. Er arbeitete auf einer Baustelle ganz in der Nähe. Sechs Monate zuvor war er mit dem Schiff aus Algerien gekommen und bekam nun zehnmal am Tag die Drohung zu hören, dass er dorthin zurückschwimmen konnte, wenn er nicht spurte. Er schlief in einem Gastarbeiterheim, zusammen mit lauter nostalgischen alten Nordafrikanern, die seit fünfzehn Jahren da lebten, ohne ihre Familie wiedergesehen zu haben, und sich die Zeit mit Schachspielen und Shisha-Rauchen vertrieben.

Wenn er nicht arbeitete, lief er aufs Geratewohl durch die Stadt, mit hellwachem Blick, wiegenden Schrittes, die Hände in den Taschen, zugleich schüchtern und selbstbewusst.

Als er an jenem Abend auf dem Rummel aufkreuzte, sah er zwischen den Süßigkeitenbuden und den orgelnden Karussells nur sie: Paquita. Ihre Marilyn-blonden Haare, ihren Atombusen, ihre Absätze wie Stelzen und dieses leichte Schwingen der Hüften, das ihren hübschen Stutenhintern sanft hin und her wogen ließ. Sie lief langsam zwischen den Ständen hindurch und turtelte mit dem Allerwertesten, ohne den liebestollen Soldaten, die sich hinter ihr her drängten, die geringste Beachtung zu schenken.

Nassardine stand wie vom Blitz getroffen da und sah zu, wie Paquita, an ihrem Liebesapfel leckend, auf ihn zukam. Als sie bei ihm angelangt war und so nah bei ihm stand, dass sie ihn fast berührte, blickte sie mit ihren schönen, großen, kurzsichtigen Augen auf ihn herab. Nassardine betrachtete sie wie vom Donner gerührt, ohne ein Wort herauszubringen, das Gesicht zu dieser Erscheinung auf Stöckelschuhen erhoben, mit dem leicht dämlichen Blick junger Hirtinnen, denen plötzlich am Wegrand die Jungfrau Maria erscheint.

Nassardine war von der Gnade berührt worden. Nicht nur von dem wunderbaren Körper, der den Mittelseiten eines Männermagazins würdig wäre, sondern auch von den leuchtenden, vertrauensvollen, großen grünen Augen. Den sanften Augen einer Mutter oder eines kleinen Mädchens.

Und Paquita ihrerseits hatte in ihm nicht den mittellosen Einwanderer gesehen, der in der sinnlosen Hoffnung, ein Mädchen zu finden, einsam herumirrte, sondern einen Mann aus der Wüste, einen schönen wilden Krieger mit dunkelbraunen Augen, wärmer als eine Tasse Schokolade.

An der Stelle der Geschichte wird Paquita gewöhnlich heiser, und Nassardine putzt sich die Nase. Sie erinnern sich beide nicht mehr, was sie an dem Abend zueinander gesagt haben, da ist nichts zu machen. Sie wissen nur, dass sie Achterbahn und Autoscooter gefahren sind, ohne dabei auch nur eine Sekunde den Blick voneinander abzuwenden. Er hat ihr an der Schießbude einen großen Plüschhund geschossen, er hat seinen Lohn verjubelt und sein Herz verloren. Sie hat sich in ihn verliebt und schwebte plötzlich hoch über den Wolken. Seitdem hängt sie an seinem Arm.

Heute ist Paquita siebenundfünfzig und läuft immer noch herum wie eine Nutte, aus alter Gewohnheit und weil es ihr eben gefällt, aber man darf sich nicht täuschen lassen. Das Kleid macht keinen Mönch, genauso wenig, wie es eine Hure macht. Es gibt keinen treueren, keinen liebevolleren Menschen als sie.

Auch keinen eifersüchtigeren.

Abgesehen von den Kindern, die sie nie bekommen hat – der einzige Kummer ihres Lebens –, ist sie eine strahlende Frau. Und er, der mit seiner ausgebeulten Hose, seiner Anzugjacke mit den etwas zu langen Ärmeln, den gepolsterten Schultern und seinem Dreitagebart aussieht wie ein alter Araber aus dem Bilderbuch, ist der glücklichste Mensch der Welt, und der stolzeste. Er erzählt jedem, der es hören will, dass man sich vor ihm hüten solle, er sei ein gefährlicher Terrorist.

Und wenn man ihn fragt, warum, antwortet er verschmitzt: »Na, weil ich jeden Abend – *hamdulillah!* – eine Bombe in meinem Bett habe!«

Auch wenn die »Bombe« sich in einen dicken Knallfrosch mit zu kurzem Rock verwandelt hat – Nassardine sieht Paquita so, wie sie mit siebzehn war. Sie ist sein Wunder geblieben, seine Göttin, und nur darauf kommt es an.

Und wenn Paquita ihren Liebsten betrachtet, bemerkt sie weder die weißen Haare in seinem Bart noch die tiefen Falten oder die Stirnglatze. Sie sieht den schönen Algerier mit den glühenden dunklen Augen, dem sie damals vor der Süßigkeitenbude auf den ersten Blick verfallen ist.

Das alte Liebespaar vom Rummel ist nie wieder vom Karussell heruntergekommen. Zwei echte Glückspilze. Die Zeit vergeht, aber für sie spielt die Jahrmarktsorgel von morgens bis abends.

Und nun saß Paquita also auf meinem Barhocker, ein Bein in der Luft baumelnd, das andere graziös unter den Hintern geklemmt, wie ein dicker Flamingo mit Stringtanga, das konnte ich mühelos erkennen.

Paquita ist eine unwahrscheinliche Erscheinung. Ich habe mich daran gewöhnt, und wenn ich sie in einem knielangen Rock oder einem brav bis zum Hals zugeknöpften Oberteil sähe, dann würde mich das mehr schockieren, als sie wie immer aufgetakelt wie eine Fregatte auf Anschaffe zu sehen. Man kann nicht mal sagen, dass sie vulgär ist, nein, sie bewegt sich in einer anderen Dimension. Niemand anderes als sie könnte sich in ihrem Alter so aufbrezeln (abgesehen von ein paar Kleinbürgerinnen und pensionierten Huren).

Paquita ist unbeschreiblich. Sie ist rührend mit ihren Kilos und ihren Falten, ihren vor Tusche starrenden Wimpern, den zu kurzen Röcken und den Dekolletés, die ihrem absackenden Busen immer tiefer nach unten folgen.

Wenn man sie sieht, weiß man sofort, dass sie arglos ist und das Leben liebt. Man spürt, dass sie jeden Moment alles stehen und liegen lassen könnte, um jemandem in Not zu helfen, außer vielleicht – aber weiß man's? –

einem schamlosen kleinen Luder, das ihrem geliebten Nassar zugezwinkert haben könnte.

Es gibt solche Leute. Die nichts Schlechtes in sich haben, nichts Schäbiges, nur ein paar kindliche Fehler – schusselig, unaufmerksam, leichtgläubig, voller Hoffnung, besitzergreifend, kapriziös. Zu aufrichtig.

Sie würde mir fehlen, wenn ich nicht mehr da wäre, meine prachtvolle Pâquerette-Tausendschön.

Vorerst aber trank sie unter lustvollen Grimassen und Seufzern meinen lauwarmen Kaffee.

»Aaaah! Du weißt wenigstens, wie man Kaffee kocht! Nicht wie Nassar!«

Das verdient, glaube ich, eine kurze Abschweifung.

Kurze Abschweifung

Als Nassardine sie kennenlernte, hatte Paquita zwei Talente: Sie war sehr gut im Bett, und sie konnte bretonische Crêpes backen. Da ausgemacht war, dass ihre erste Fähigkeit fortan ausschließlich ihrem Mann vorbehalten sein würde, galt es nun, ihre zweite Gabe zu nutzen.

Nassardine, der zu Recht misstrauisch war, hatte ihr nahegelegt, ihre Stelle als Kellnerin schnellstmöglich aufzugeben. Sie hatte also gekündigt, zum großen Verdruss von Monsieur Jeannot, der ihr das sehr übel genommen und noch auf dem Gehweg hinter ihr her geschrien hatte – dieses undankbare Miststück, das nicht kapierte, welche Chance er ihr bot, diese Schlampe, die sich weigerte, sich *um die Kunden zu kümmern*, und ihn einfach sitzenließ, und das alles wegen eines Kameltreibers!

Paquita war fröhlich, nett und arbeitswillig. Sie fand schnell einen Job in einer Crêperie am anderen Ende der Stadt. Sie nahm jeden Morgen den Bus und kehrte spätabends zu ihrem Nassar heim, der ebenfalls hart arbeitete und jede Menge Überstunden machte. Denn sie hatten ein gemeinsames Projekt. Ein schönes Projekt: Sie wollten sich einen Lieferwagen anschaffen und auf

Frankreichs Straßen Crêpes verkaufen, vielleicht sogar über Frankreichs Grenzen hinaus.

Aber ein Lieferwagen kostet Geld.

Wenn es in dem Tempo weiterginge, hätten sie erst in zwanzig Jahren genug zusammengekratzt. Und wenn man zwanzig ist, sind zwanzig Jahre eine Ewigkeit. Da hatte Paquita beschlossen, ihre Eltern, die sich nie viel um sie gekümmert hatten, um Hilfe zu bitten. Eines Sonntagmorgens hatte Nassardine sich frisch rasiert, seine Ringellöckchen mit Pomade gezähmt und seinen besten (und einzigen) Anzug angezogen. Paquita hatte sich so schön gemacht, dass sie auf der Straße Tumulte hätte auslösen können. Und so waren sie Hand in Hand zu ihren Eltern gegangen.

Als sie ankamen, hängte ihre Mutter im Garten Wäsche auf, und ihr Vater bastelte am Motor seines Autos herum. Nassardine hatte Anweisung, am Gartentor auf seine Liebste zu warten. Er lehnte sich neben dem Briefkasten an die Mauer und drehte sich mit leicht zitternden Händen, klopfendem Herzen und weit aufgesperrten Ohren eine Zigarette.

Er sollte sich erst auf ihr Zeichen hin zeigen. Es sollte eine Überraschung werden.

Fröhlich und bewegt verkündete Paquita ihren Eltern, sie habe einen Liebsten, einen echten. Nein, nicht Johnny, auch nicht Juju oder Paulo, einen anderen, den sie noch nicht kannten. Aber sie hoffe von ganzem Herzen, dass sie ihn genauso lieben würden wie sie.

Ohne die Nase aus der Motorhaube zu heben, brummte ihr Vater: »Pah, wir haben uns an die anderen gewöhnt, da werden wir uns an den da auch gewöhnen. Solange du uns keinen Araber nach Hause bringst …«

»Ach, was du immer daherredest!«, meinte ihre Mutter darauf lachend, hinter der Bettwäsche hervor. »Einen Araber! Du hast Ideen, nee, also echt …!«

Nassardine setzte einen gleichgültigen Ausdruck auf und ging vor sich hin pfeifend davon. Zweihundert Meter weiter, an der Bushaltestelle, wartete er auf seine Liebste. Da fand sie ihn wieder, sie war in Tränen aufgelöst. Nassardine tröstete sie, sie würden es auch ohne die Familie schaffen. Er war nicht wirklich überrascht, seinen Eltern hätte es auch nicht gefallen, ihn mit einer Französin zu sehen.

So ist das Leben.

Sie arbeiteten etwas mehr, viel mehr, und schließlich kauften sie ihn, ihren Lieferwagen. Ganz alleine, ohne jede Unterstützung. Es war ein rostiger alter Peugeot J7, den Nassardine an Wochenenden und Feiertagen überholte und zur Crêperie umrüstete. Sie strichen ihn kunterbunt an und tauften ihn *Chez Pâquerette*, zu Ehren Paquitas, denn Pâquerette – Tausendschön – war sein Kosename für sie. Da Benzin teuer ist und ihr Wagen mehr davon schluckte, als ein Kalb Milch trinkt, kamen sie nie sehr weit. Nicht viel weiter als bis zur Ecke gegenüber des Lycée Mistral. Da stehen sie nun seit bald dreißig Jahren Tag für Tag, und es gibt dort mit Abstand die besten Crêpes der Stadt – und den schlimmsten Kaffee.

Womit wir also beim Kaffee wären.

Seit ich Nassardine kenne, misslingt ihm der Kaffee mit erstaunlicher Konsequenz, was ihn nicht davon abbringt, seinen Traum unverzagt weiterzuverfolgen: den genauen Geschmack des legendären Kaffees wiederzuerschaffen, den sein Großvater kochte. Zumindest in seinen Erinnerungen. Er hat dabei alle Stadien durchlaufen, vom Blümchenkaffee bis zur pechschwarzen Plörre. Paquita regt sich darüber nicht mehr auf. Sie kauft sich Instantkaffee, den sie aus ihrer persönlichen Tasse trinkt, einem bonbonrosa Schweinchen, das sie wie eine Prinzessin mit abgespreiztem kleinem Finger zierlich am Schwanz hält. Oder aber sie kommt, wann immer es geht, zum Kaffeetrinken zu mir.

Nur noch wenige Kunden lassen sich darauf ein, Versuchskaninchen zu spielen. Entweder sind es neue, die noch ahnungslos sind, oder aber solche, die schon wissen, was sie erwartet, die sich aber aufopfern, weil ihnen der Kaffee so nett angeboten wird, mit einem so hoffnungsvollen Blick …

»Sie trinken doch ein Käffchen, während Sie auf Ihre Crêpe warten? Doch, doch, es ist mir ein Vergnügen! Sie werden sehen, diesmal – *hamdulillah!* – habe ich den Dreh raus!«

Doch das ist nie – *nie* – der Fall.

Als Gegenleistung für ihren guten Willen setzt sich Nassardine dann manchmal auf den Tritt des Lieferwagens und liest ihnen aus dem Kaffeesatz, den er schwungvoll in die Untertasse kippt, die Zukunft. Und in Anbetracht der Kaffeemenge, die er in den Topf zu werfen pflegt, gibt es da immer genug Stoff zum Deuten und Erzählen. Die Kunden sitzen ihm gegenüber und spucken diskret die winzigen Körnchen aus, die zwischen ihren Zähnen knirschen, sie hören zu und tun, als würden sie ihm glauben, beugen sich über die Untertasse, die Nassardine mit scharfem Blick betrachtet. Er erzählt ihnen von Reisen, Aufbrüchen, Begegnungen, während Paquita sich am Herd zu schaffen macht. Er erfindet für jeden ein Traumleben, und das mit so viel Poesie und Überzeugung, dass jedes hässliche Entlein fühlt, wie es sich in einen Schwan verwandelt. Es ist zwar nur eine Kaffeesatzzukunft, gelesen aus einer Untertasse aus billigem, bruchsicherem Glas. Aber die Kunden hören zu und bekommen vielleicht sogar etwas Hoffnung. Und egal, wenn sie ihre Crêpe kalt essen – wenn sie wieder gehen, ist ihnen etwas wärmer ums Herz.

Paquita schaut ihnen nach, mit einem gerührten Lächeln für die Männer und einem gereizten Schulterzucken für die Frauen, vor allem, wenn sie jünger sind als sie, und das sind sie etwas zu oft. Sie liebt ihren ewigen Charmeur so sehr, dass sie die Macht seiner heißen Hände und seiner braunen Samtaugen für unwiderstehlich hält, wenn er ihnen lächelnd die Tasse aus den

Händen nimmt. Sie meint Wimpern flattern, Augen flackern, geschminkte Wangen erröten zu sehen. Dann wirft sie ihrem Mann tödliche Blicke zu, verwünscht die liederlichen Frauenzimmer, schlägt wütend Eier zu Schnee und murrt vor sich hin.

»... Kaffeesatz, wer's glaubt! Schwarz in Schwarz, was soll man da schon draus lesen können?«

Paquita hängt an ihrem Nassar.

Seit über vierzig Jahren schikaniert sie ihn, macht ihm Szenen, verfolgt ihn mit wilden, verliebten Blicken, sobald er ihr den Rücken kehrt, umschlingt ihn wie eine Efeuranke und spielt ihm Gleichgültigkeit vor, wenn er ihr sagt, dass er sie liebt. Und er, der alte Fuchs, nimmt ihre Launen hin, tröstet sie, wenn sie sich selbst dumm findet, verzeiht ihr alle Macken und liebt sie immer nur noch mehr.

Wenn sie könnte, würde sie alle Frauen von fünfzehn bis sechzig Jahren, die sich ihm nähern, umbringen. Doch das wäre ein sinnloses Gemetzel.

Denn Nassardine ist treu und unsterblich in sie verliebt.

Ich lag immer noch auf meiner Schlafcouch und traute mich nicht aufzustehen vor lauter Angst, irgendwo im Raum tot umzufallen. Paquita thronte auf meinem Barhocker wie eine Fettpflanze auf ihrem Zierständer und trank in aller Ruhe ihren Kaffee, während sie mir die letzten Neuigkeiten aus der Welt erzählte, von der Theke des Crêpe-Wagens aus gesehen.

Sie redet gern vom Tagesgeschehen. Auf ihre ganz persönliche Art, sie sortiert die Ereignisse nach eigenen Kriterien, wobei Klatsch und Tratsch mehr Bedeutung beigemessen wird als den großen Konflikten der Weltpolitik.

Für sie ist der arabische Frühling eine Touristensaison, genau wie der sibirische Winter. Und ich habe den Verdacht, dass sie glaubt, Europa sei ein Land – das schließe ich aus der Art, wie sie sagt: »Ich möchte gern irgendwann mal bis nach Europa kommen«, wenn sie von den Reisen spricht, die sie mit Nassardine gern unternehmen würde, wenn sie im Ruhestand sind. Das heißt, wenn sie bettelarm sein werden und sicher nicht in Urlaub fahren können. Aber fragt man sie nach Neuigkeiten aus der Welt der Stars und Promis, wer wen geheiratet hat, wer sich scheiden lässt und warum, wer sich welcher Schönheitsoperation unterzogen hat und bei welchen Chirurgen, wie viele Kilos welche Schauspielerin abgenommen hat – da ist sie unschlagbar.

Das gehört zu den Dingen, die mir im Jenseits fehlen werden – mal angenommen, dass einem da überhaupt noch etwas fehlen kann.

Apropos Jenseits: Es ging mir mehr und mehr gegen den Strich, dass Paquita in einer knappen halben Stunde aus nächster Nähe miterleben würde, wie ich abnippelte. Und ehrlich gesagt wäre ich auch lieber in Ruhe gestorben.

Die Zeit lief – zehn Uhr zweiunddreißig, Paquita plapperte vor sich hin, und plötzlich fragte sie mich: »Weißt du, was wir heute für einen Tag haben?«

Ich hätte antworten können: »mein Geburtstag«, da ich nun mal leider am 15. Februar geboren wurde. Aber ich habe das Datum nie irgendjemandem verraten wollen, wohl um zu vermeiden, dass man mich daran erinnerte. Ich antwortete: »Galileis Geburtstag?«

»Kenn ich nicht. Ist das eine Sängerin?«

Ich verzichtete darauf, sie aufzuklären, da ich eindeutig nicht mehr genug Zeit hatte, ihr einen Abriss der Geschichte der Mathematik, der Physik und der Astronomie zu liefern.

Ich fuhr also fort: »Der Jahrestag der Krönung von Ludwig dem Blinden? Von Mohammed Alis Niederlage gegen Leon Spinks? Nat King Coles Todestag?«

»Quatsch! Was Ernstes!«

»Der Jahrestag des Begräbnisses von Georg dem Sechsten?«

»Ach was! Los, weiter!«

»Keine Ahnung.«

»Heute ist der Geburtstag von Marisa Berenson!«

»Man sieht ihr ihr Alter nicht an«, meinte ich.

»Das stimmt«, seufzte Paquita, die nur Frauen bewundert, die entweder viel älter sind als sie oder sehr weit weg leben.

Sie stand auf, um ihre Tasse abzustellen, und redete weiter über alles und nichts (vor allem über nichts). Ich traute mich nicht, sie zu unterbrechen. Paquita zu unterbrechen ist das sicherste Mittel, den ganzen Tag zu verschenken. Wenn man sie unterbricht, verliert sie den Faden, und wenn sie den Faden verliert, fängt sie noch mal von vorne an. Und ich hatte nicht den ganzen Tag Zeit.

Doch da ich sie gut kenne, war mir auch klar, dass es nichts nützen würde, ihr zu sagen: »Entschuldige, ich muss um elf Uhr sterben, könntest du mich bitte allein lassen?«

Im schlimmsten Fall würde sie antworten: »O.k., kein Problem, ich komme später noch mal vorbei. Um wie viel Uhr passt es dir?«

Oder im besten Fall: »Was ist das denn für ein Blödsinn?«

Wie sollte ich ihr erklären, dass ich mich, so wie ich in meinem schönen Spießeranzug auf dem Bett lag, zum Sterben anschickte, weil wir den fünfzehnten Februar hatten, weil es bald elf Uhr schlagen würde, und weil der fünfzehnte Februar um elf Uhr genau der Tag und die Stunde meiner Geburt waren.

Und dieser Geburtstag war nicht irgendeiner: Es war der schicksalhafte.

»Ach so, das wusste ich ja gar nicht! Herzlichen Glückwunsch, Schätzchen!«

Danke.

»Das müssen wir dann feiern, mit Nassar.«

Das wird schwierig, ich muss in ungefähr zwanzig Minuten sterben. Tut mir leid.

»Ach so – dann kommst du nächsten Sonntag nicht zum Essen?«

Tja, nein.

»Das ist ja blöd.«

Tja, ja.

Nichts zu machen, ich fühlte mich nicht in der Lage, mich einem Gespräch dieser Art zu stellen.

Nicht, dass ich deprimiert gewesen wäre, ich war nicht unvorbereitet, ganz im Gegenteil. Ich hatte alle Zeit der Welt gehabt, mich an die Sache zu gewöhnen. Seit meiner frühesten Kindheit hat man mir die Familiensaga wieder und wieder erzählt. Nicht einfach nur erzählt, nein: Ich habe sie mit der Muttermilch eingesogen, Tropfen für Tropfen war sie mir mit jedem Fläschchen verabreicht, mit meinen ersten Breichen in mich hineingelöffelt worden, und dann hat mein Vater sie bei jeder Gelegenheit wiedergekäut, bis ich fast zwölf war.

Denn es ist so: Alle Männer meiner Familie – väterlicherseits, wohlgemerkt – sind um elf Uhr vormittags geboren. (Elf Uhr sechs, was meinen Vater angeht, aber in der Familie hatte man immer den Verdacht, dass die

Wanduhr falsch ging oder dass mein Großvater verzweifelt versucht hatte, das Schicksal durch eine Mogelei in der Geburtsurkunde auszutricksen. Ich muss dazu ergänzen, dass mein Großvater am Tag der Geburt meines Vaters volltrunken war, so wie am vorigen, am vorvorigen und an allen anderen Tagen auch, und wie er es auch alle weiteren Tage in seinem kurzen Leben mehr oder weniger blieb. Dies könnte eine leichte Verzögerung zur Folge gehabt haben, was den Blick auf die Uhr anging, um die genaue Stunde der Geburt seines Sohnes festzuhalten – auch wenn er sie logischerweise geahnt haben musste ... Aber das ist nur eine Theorie, ich weiß nichts mit Sicherheit.)

Egal, auf welches Datum ihre Geburt fiel, alle Männer meiner Familie sind also um elf Uhr früh geboren. Und das Amüsante ist: Alle, ohne jede Ausnahme, sind an ihrem sechsunddreißigsten Geburtstag um ebendiese Uhrzeit gestorben, noch bevor sie ihre Kerzen ausgeblasen und ihren Kuchen gegessen hatten, denn elf Uhr morgens ist eine ungünstige Zeit. Jedenfalls was den Nachtisch angeht. Und als wäre das nicht genug, sind sie alle auf saublöde Art umgekommen:

Mein Ururgroßvater Morvan ist in einem Bidet ertrunken.

Mein Urgroßvater Morin endete zu Konfetti zerfetzt.

Mein Großvater Maurice wurde wegen eines Esels vom Blitz erschlagen.

(An den erinnere ich mich noch. Nicht an meinen Großvater, den habe ich nicht mehr gekannt, aber an den Esel, einen kräftigen Poitou-Zuchtesel, dessen Erektionen eines Obelisken würdig waren und der meinen Großvater um zwanzig Jahre überlebte. Man sollte zehnjährige Jungen niemals brünstige Esel sehen lassen. Zu wissen, dass es so etwas gibt, untergräbt ihr Selbstwertgefühl für alle Zeiten.)

Und mein Vater, Maury, der Letzte in der Reihe, wurde von einem Luftballon getötet.

Der *Letzte* jedenfalls bis heute Vormittag elf Uhr, die Zeit, um die ich ihn, wie in der Familie seit einigen Generationen üblich, ablösen werde, indem ich meinerseits dahinscheide.

Ich war genau zwölf Jahre alt, als mein Vater starb. Dann stand ich alleine da. Meine Mutter war schon kurz nach meiner Geburt abgehauen, wahrscheinlich aus Angst, sonst sechsunddreißig Jahre ihres Lebens auf den Tod ihres Sohnes zu warten, um ihn danach zu beweinen – und das Ganze als Witwe. Ich konnte es ihr nicht verübeln.

Im übrigen gab es in der Beziehung meiner Eltern noch jede Menge andere Probleme. Das nehme ich jedenfalls an, denn ich glaube nicht, dass ich meinen Vater je anders von meiner Mutter habe reden hören als mit Bezeichnungen wie: »die Schlampe«, »das Miststück« und dergleichen mehr – wenn er überhaupt mal von ihr sprach, was selten und wenn dann gegen Ende eines feuchtfröhlichen Abends vorkam.

Mein Vater verfügte in jeder Lebenslage über ein blumiges und huldreiches Vokabular. Er nannte mich gewöhnlich »Sohn eines Idioten«, »eines Dämlacks« oder »eines Esels«, und er selbst bezeichnete sich üblicherweise als »armen Deppen« oder als »elenden Schwachkopf«. Als Kind dachte ich, das sei ganz normal, bis zu dem Tag, an dem ich ihn selber einmal »armer Depp« nannte und im Handumdrehen kapieren musste – meine

Backe glühte –, dass er selbst das zwar durfte, aber sonst niemand.

Im nachhinein habe ich verstanden, dass mein Vater depressiv war und mit der Aussicht seines vorzeitigen Todes nicht klarkam. Letztlich hat ihm sein Tod das Leben versaut.

Sicher ist, dass mein Vater sein Leben lang die Tage gezählt hat, wie ein Sträfling in seinem Kerker.

Jeden Abend strich er auf dem Postkalender, der innen an der Tür des Küchenschranks hing, mit Rot den gerade vergangenen Tag durch. Das war ein Ritual. Ich konnte ihn jeden Tag dabei beobachten, was auch passieren mochte.

Der Kalender kam sogar mit in die Ferien. Mein Vater klebte ihn in die Heckklappe des Autos, um seine Tage durchstreichen zu können wie ein Mann. Im Stehen.

Jedes Mal, wenn wir den Kofferraum öffneten, materialisierte sich vor unseren Augen die unaufhaltsam fortschreitende Zeit, geschmückt mit dem Foto einer Berglandschaft oder eines Wurfs Kätzchen in einem Korb.

Mein Vater strich die Tage kommentarlos, mit fest zusammengepressten Lippen, abwesendem Blick und einem Widerstreben, das im Lauf der Jahre immer deutlicher wurde.

An den Abend vor seinem sechsunddreißigsten Geburtstag erinnere ich mich sehr gut. Er klopfte mit der Spitze seines Kugelschreibers auf das Datum des nächsten Tages, der nüchtern schwarz umrandet war: »Siehst du, Morty, der morgige Tag lässt mich nichts Gutes ahnen …«

»Warum?«, fragte ich, wobei ich, so unwahrscheinlich es klingen mag, komplett verdrängte, dass der nächste Tag, ein 25. Mai, mit an Sicherheit grenzender Wahrscheinlichkeit der letzte Tag meines Vaters sein würde. »Freust du dich nicht auf deinen Geburtstag?«

»Hmmmm …«

»Ich finde es toll, Geburtstag zu haben! Da gibt es immer ein Geschenk, was eine Überraschung ist!«

»Es heißt *das* und nicht *was* eine Überraschung ist. Herrgott, Morty, du wirst bald zwölf, da könntest du dich langsam ordentlich ausdrücken, meinst du nicht?«

»Du kriegst morgen auch eine Überraschung!«, redete ich schnell weiter, um vom Thema abzulenken.

Während ich das sagte, dachte ich an das Zigarettenetui, das ich ihm aus einer alten Velox-Fahrradflickzeug-Schachtel gebastelt hatte – ich hatte sie in der Rumpelkammer gefunden und blutrot angemalt, mit seinen Initialen in Goldlettern darauf, M. D. für Maury Decime – gesprochen Decime und nicht Décimé wie »dezimiert«, auch wenn die Akzente nachträglich gestrichen worden waren, wie ich im Verlauf späterer Recherchen feststellte. Nein, »Décimé« als Nachname einer Familie, deren männliche Mitglieder alle auf halber Strecke ins Gras bissen, das klang wie ein Pleonasmus.

Mit munterer Stimme fuhr ich fort: »Eine tolle Überraschung sogar! Wirst schon sehen!«

»Da bekomme ich ja Angst«, meinte mein Vater seufzend.

Was folgte, sollte ihm beweisen, dass seine Sorge durchaus berechtigt war.

Das heißt, das Folgende bewies es vielmehr mir, denn am nächsten Tag um 11:01 war mein Vater selig nicht mehr in der Lage, sich darüber zu freuen, dass er mit seinen Vorahnungen richtig gelegen hatte. Er war kaum dazu gekommen, sein schönes rotes Zigarettenetui zu begutachten, bevor er der Länge nach mit dem Gesicht nach unten auf den Küchenboden stürzte.

Als der Doktor und unser Nachbar es schließlich mit vereinten Kräften schafften, ihn umzudrehen – mein Vater war kein Leichtgewicht –, hatte sich das Zigarettenetui so fest gegen seine Stirn gepresst, dass man inmitten der blutroten Spuren der Farbe, die noch nicht ganz trocken war, deutlich die letzten beiden Buchstaben des Wortes VELOX lesen konnte, in Spiegelschrift. Und diese beiden Buchstaben, XO, auf die Stirn meines Vaters geprägt zu sehen wie auf einer Cognacflasche, machte einen stärkeren Eindruck auf mich als alles Übrige.

Seit diesem Tag habe ich Phobien gegen Flickzeugschachteln und alte Branntweine, was zum Glück im Alltag weniger problematisch ist etwa als solche gegen Tauben oder Jogger.

Abgang Maury: mein Vater, Sohn von Maurice, Enkel von Morin, Urenkel von Morvan … In meiner Familie väterlicherseits sind die Jungen (jeweils ein einziger pro Generation) nicht nur mit einer Lebenserwartung geschlagen, die der eines Leibeigenen zu Pestzeiten im Mittelalter entspricht, sondern auch mit einem Vornamen, der mit der Silbe [mɔr] beginnt, wie *la mort* – der Tod, wohingegen die Vornamen ihrer Schwestern, wenn es welche gibt, mit [vi] beginnen, wie *la vie* – das Leben.

Irgendwann vor langer Zeit muss einer meiner Ahnen, der sich für besonders schlau hielt, diese Idee spaßig gefunden haben, als er nach Namen für seine Kinder suchte.

Mor, Vi… Mort, vie, Tod, Leben. Ha ha ha!

Zum Totlachen.

Vielleicht hat er damit sogar unwissentlich unser unheilvolles Schicksal begründet – ein böser Geist muss ihn ernst genommen und beschlossen haben, von der Lebenserwartung der Männer der Familie etwas abzuzwacken und diesen Überschuss auf die Mädchen zu verteilen, die sich bei uns mindestens achtundneunzig Jahre halten. Im Fall meiner Urgroßtante Violette sogar hundertvier.

Wie auch immer, jedenfalls ist daraus eine Familientradition geworden. Und Familientraditionen, so unselig sie auch sein mögen, müssen respektiert werden. So gab es bei uns Mädchen namens Victoire und Victorine, eine Vitalie, eine Vilma, einen ganzen Strauß von Violettes – Veilchen –, zwei oder drei Virginies, und auf der anderen Seite Jungen namens Mordrien, Maurice, Morgan, Morvan, Maury und einen einzigen Mortimer, auch Morty genannt – das bin ich.

Ich finde, *Mortimer* klingt wie ein Imperativ: *Allez, Morty, meurs* – Los, Morty, stirb schon!

Das werden wir bald haben.

Über die Schlaflosigkeit bei Chinchillas und das, was unglücklicherweise manchmal daraus folgt

Am Tag, an dem mein Vater starb, kam gegen Mittag, ohne dass man ihr hätte Bescheid sagen müssen, seine ältere Schwester, meine Tante Victoria, um mich abzuholen. Ich wartete im Flur auf sie, brav auf meinem Koffer sitzend, den mein Vater tags zuvor sorgfältig gepackt hatte. Meine Tante verdrückte eine Träne, umarmte mich fest, dann nahmen wir den nächsten Zug zurück zu ihr. In Erwartung des Verhängnisses hatte sie schon ein Zimmer für mich vorbereitet. Wir gingen nicht auf die Beerdigung, da meine Tante der Ansicht war, dass diese Art von Vergnügungen nichts für Kinder ist und sie selbst schon zu viele davon erlebt hatte.

Meine Tante war eine sowohl traurige als auch beleibte Frau, die alle Klischees über lebensfrohe, stets gutgelaunte Dicke Lügen strafte. Sie kleidete sich in Beige, wirkte viel älter, als sie war, aß wenig und seufzte viel.

Sie zog mich voller Gleichmut groß, wenn man einmal von ein paar hartnäckigen Phobien und einigem Aberglauben absieht.

Ich durfte kein Rot tragen – Rot stand für *Verletzung* –, kein Schwarz – *bevorstehender Todesfall* –, kein Grün – *Vergiftung* –, kein Braun – *Beerdigung* –, kein Blau – *Tod durch Ertrinken* –, kein Weiß – *Bergunfall* –, keine Krawatten – *Tod durch Erhängen* (letzteres Verbot störte mich nicht weiter) –, keine Längsstreifen – *Tod hinter Gittern* –, keine Querstreifen – *Tod durch Verschüttung* –, keine Reißverschlüsse – *Blitzschlag* –, keine Rollkragen – *Erdrosselung* –, keine Rundhalsausschnitte – *Enthauptung*.

Außerdem keine Wollpullover. Gegen Wolle war sie allergisch.

Ansonsten durfte ich anziehen, was ich wollte, das heißt: alberne Polyesterhosen (keine Jeans, die sind blau), Polyacrylpullis mit V-Ausschnitt und einfarbige Jacken mit Knöpfen, in Grau- oder Beigetönen.

Ausdrücklich verboten war es auch, das Wort »Februar« auszusprechen, denn das war der verhängnisvolle Monat meines Geburtstags. Im weiteren auch alle anderen Wörter, die mit »Feb« beginnen, aber da es da meines Wissens nichts Gängiges gibt, habe ich mich in diesem Punkt nie schuldig gemacht. Wir gingen vom Monat Januar über den Monat »...« (zwei mit Zeige- und Mittelfinger in die Luft gemalte Häkchen) direkt zum »endlich März!« über, denn aus dem Mund meiner Tante kam der März immer in Begleitung eines *endlich!* daher, das unzweifelhaft auf mich gemünzt war, denn sie warf mir dabei jedes Mal einen tief erleichterten Blick zu, auch wenn klar war, dass mir noch eine ganze Reihe von Jahren keine Gefahr drohte.

Meine Tante hatte ihren Großvater, ihren Vater und ihren Bruder vorzeitig ableben sehen und daraus geschlossen, dass man sich auf Männer nicht verlassen kann.

Sinnlos, sie darauf hinzuweisen, dass die meisten von ihnen – außer in unserer Familie – weder allgemein am Tag ihres Geburtstags noch speziell an ihrem sechsunddreißigsten starben, ihre Meinung stand fest. Sie mied so weit wie möglich jede männliche Gesellschaft, weshalb sich ihr Liebesleben auf Balthazar beschränkte – Balthazar war ein fettleibiger, verhaltensgestörter Chinchilla, der tagsüber schlief, nachts einen draufmachte und uns bei jeder Gelegenheit zu beißen versuchte.

Einer der schlechten Witze, die das Leben bereithält, wollte, dass Balthazar ebenfalls auf dumme Weise ums Leben kam, genau wie alle anderen männlichen Familienmitglieder. Er hatte sich angewöhnt, nachts in der Küche herumzulaufen und aus Langeweile die Möbel anzunagen. Normalerweise zog er sich im Morgengrauen in seinen Käfig zurück, um sich zum Schlafen in seinem Nest einzurollen, einem Vogelnistkasten voller Zeitungspapier, der einen starken Ammoniakgeruch verströmte. Manchmal litt Balthazar jedoch unter Schlaflosigkeit und durchwachte ganze Tage. Dann überraschten wir ihn zur Abendessenszeit mit struppigem Fell und Ringen unter den Augen unter der Anrichte oder hinter der Tür versteckt. Wurde er entdeckt, flüchtete er wie der Blitz in Richtung seines riesigen Käfigs.

Eines Abends, als meine Tante mit Einkäufen bepackt von der Arbeit nach Hause kam, stieß sie die Tür auf und ließ im Flur ihre schwere Tasche voller Lebensmittel fallen, statt sie vorsichtig abzusetzen. Das Geräusch der Tasche, als diese auf dem Boden landete, erschien ihr etwas gedämpft.

Wir legten den platt gewalzten und mausetoten Balthazar in sein nach Pisse stinkendes Nest und trugen den ganzen Kasten zur Mülltonne hinunter, denn Tante Victoria lebte im vierten Stock eines Hauses ohne Hof oder Garten.

Meine Tante weinte bitterlich, obwohl Balthazar ihre Zuneigung nie wirklich erwidert hatte. Aber wenn man in der Wüste lebt, liebt man am Ende den erstbesten Kaktus.

Der letzte Mohikaner
(sentimentaler Exkurs)

Beim Tod meines Vaters habe ich die Fackel übernommen, wie andere ein Geschäft übernehmen: ohne große Begeisterung, aber es ist eben Schicksal, was will man da machen. Ich war der Nächste auf der Liste, ich kannte den Tag und die Stunde des Stelldicheins. Es war keine Überraschung zu erwarten, ich würde mit sechsunddreißig Jahren sterben wie ein Depp, und wenn ich meinen Kuchen nicht um elf Uhr essen wollte, was eher die Zeit für eine Suppe ist, würde auch ich meine Geburtstagskerzen nicht auspusten.

So gesehen waren die Aussichten wenig prickelnd. Dabei habe ich, anders als man denken könnte, ein paar Jahre lang auch Vorteile darin gesehen. So dämlich es klingen mag: Zu wissen, dass man mit sechsunddreißig sterben wird, bedeutet auch, dass man nicht früher dran glauben muss, egal was man tut. Und wer kann das schon von sich behaupten?

Ich würde mit sechsunddreißig sterben, bis dahin war ich also unsterblich.

Diese Theorie habe ich mehrmals auf die Probe gestellt. Ich habe mich beim Klettern nur mit einer Wäscheleine oder einem Gummiband gesichert, ich bin mit einem Sonnenschirm als Fallschirm vom Balkon eines

Freundes gesprungen. Ich habe versucht, so lange wie möglich auf dem Grund des städtischen Schwimmbads zu bleiben, ohne zu atmen, einfach um zu sehen, was passiert, wenn einem der Sauerstoff ausgeht. (Ganz einfach: Man verliert das Bewusstsein, der Bademeister springt ins Wasser, um einen rauszuholen, schmeißt einen auf den Beckenrand wie einen vollgesogenen Schwamm, dann macht er Mund-zu-Mund-Beatmung und Herzdruckmassage, mit dem Ergebnis, dass man mit glühenden Wangen und schmerzenden Rippen wieder aufwacht und die fleischigen Lippen und den Walrossschnurrbart des Bademeisters nie wieder anschauen kann, ohne bis zu den Haarspitzen zu erröten.)

Nach Jahren der Leichtfertigkeit, der verdienten Strafen und diverser, in der Notaufnahme sauber vernähter Wunden bin ich schließlich gereift. Das tun Menschen und Früchte nun mal, wenn sie älter werden.

Ich fing an zu denken wie ein Erwachsener, ohne jede Phantasie.

Ich befasste mich mit diesem unabwendbaren Schicksal, das mir anhing. Ich nahm es genau unter die Lupe. An einen Fluch konnte ich nicht glauben, dazu bin ich zu rational. Ich glaube nicht an Sterne, Karma, Flüche oder anderen okkulten Blödsinn. Das Rätsel dieser Todesfälle würde einer ernsthaften Untersuchung nicht standhalten, davon war ich überzeugt. Man müsste nur die Umstände analysieren, sie miteinander in Beziehung bringen, dann würde sich endlich alles aufklären.

Also: Erst einmal betraf das Phänomen nur die Männer. Und abgesehen von meinem Vater und mir (wir vertrugen einfach nichts), soffen alle Männer meiner Familie. Daher bestand ein erhöhtes Risiko für Unfälle und frühen Tod.

Nur mochte ich noch so sehr versuchen, mir einzureden, dass es Flüche nur im Märchen gibt – meinen eigenen Vater, der keineswegs ein Säufer war, hatte es genauso erwischt wie die anderen: auf dumme Weise und zur vorgesehenen Stunde.

Auch wenn ich kein leidenschaftlicher Anhänger des Psychologisierens bin, habe ich mich dann doch eine Zeit lang auf dem Gebiet der Psycho-Genealogie umgetan, einer noch ganz jungen Disziplin, die jedoch eine glänzende Zukunft vor sich hat, weil sie Antworten auf Fragen verspricht, auf die es keine gibt.

War es möglich, dass der Tod eines einzigen meiner Vorfahren sich auf den ganzen Rest der Familie auswirken konnte? Dass er jedes ihrer männlichen Mitglieder auf irgendeine rätselhafte, aber überzeugende Art dahingehend prägen konnte, dass sie sich am Tag X auf die Stunde, die Minute, die Sekunde genau auf irgendeine lächerliche Art brav selbst zerstörten? Vererbt sich ein widriges Geschick genauso wie abstehende Ohren? Gibt es ein Unglücksraben-Gen? Ein Pechvogel-Allel? Ein Schlemihl-Chromosom?

Auch wenn ich mir sicher war, dass dem nicht so ist, fühlte ich mich damit ziemlich allein auf weiter Flur, denn Irrationalität und Aberglauben sind etwa so weitverbreitet wie Schnupfen und mindestens genauso ansteckend. Es muss nur jemand bei einem Abendessen anfangen, mit gedämpfter Stimme irgendwelche unwahrscheinlichen Geschichten von Geistern oder geheimnisvollen Zufällen zu erzählen, und schon beginnt der Tischnachbar, einen mit seinen persönlichen Poltergeistern zu nerven. Und das Schlimmste dabei: Wenn das Gespräch auf solche Dinge kam, wusste ich immer, dass ich dazu – bei weitem! – die beste Story auf Lager hatte. Aber ich konnte sie nicht erzählen, wenn ich nicht für einen Irren gehalten werden wollte. Gewisse Geständnisse rauben einem jede Glaubwürdigkeit, und zwar schneller, als man gucken kann.

Erzählen Sie mal herum, dass Sie mit Ihren Pflanzen reden, damit sie besser wachsen, dass Ihnen Ihre Großmutter im Traum erscheint, um Sie vor misslichen Ereignissen zu warnen, dass Sie aufs Gramm genau wissen, wie viel Sie wiegen, bevor Sie auf die Waage steigen, oder dass Sie ähnliche kleine Gaben und Talente haben – da landen Sie schnurstracks in einer Schublade mit all den anderen Spinnern, irgendwo zwischen Spiritisten und Zwiebelanbetern.

Trotzdem. Die Familienstammbücher waren wirklich und wahrhaftig da. Und darüber hinaus gab es auch noch die Fotoalben mit alten Porträtaufnahmen von noch jungen Männern, geschmückt mit einem Trauerflor. Doch die Decime-Saga würde mit mir enden: Ich hatte keinen Sohn. Ich war der einzige verbliebene Vertreter meines traurigen Stammes, der letzte Mohikaner, der Endpunkt der Decimes, *the last one*. Und das hatte ich so gewollt.

An meinem achtzehnten Geburtstag, als ich also die Mitte meines Lebens erreichte, hatte ich einen Vorsatz gefasst: Ich würde kein Kind haben. Niemals. Unter welchen Umständen auch immer, ich würde nicht heiraten, nie mit jemandem zusammenleben. Keine Familie gründen. Keine Fortpflanzung, keine eheähnliche Gemeinschaft. Weder Witwe noch Waise hinterlassen. Ende der Fahnenstange. Ende des Fluches. Ab ins Körbchen mit dem schwarzen Kater.

Das Unheil würde nicht durch mich weiter seinen Lauf nehmen.

Das war schön, das war edel. Ich war sehr selbstlos. Mit vor Rührung und Selbstmitleid feuchten Augen, weil ich mein Geheimnis mit ins Grab nehmen würde, stieg ich auf den Tisch und bat alle meine Freunde, die ihre Gläser hochhielten und riefen: *Eine Rede! Eine Rede!*, um Stille. Ja, ich wollte ihnen etwas verkünden, doch das verlangte etwas Würde, Ruhe und Aufmerksamkeit: Also, es war beschlossene Sache, ich verpflichtete mich vor ihnen allen feierlich, mein Leben lang allein zu leben, ganz allein. Unter lauten *Hurra*-Rufen fügte ich mit versagender Stimme noch hinzu: »Mutterseelenallein.«

Darauf brach ich in Tränen aus und warf mich in die Arme meiner damaligen Freundin, die es bald darauf übernahm, mich ins Schlafzimmer zu bugsieren und zu trösten.

»Hörst du mir zu?«

Ich schreckte hoch. Ich war eingeschlafen. Paquita seufzte: »Nein, du hast nicht zugehört.«

Dann: »Ich sagte gerade: Was ist das für ein Umschlag, da auf dem Tisch? Kann ich den aufmachen?«

Ich brummte: »Nein, nicht jetzt. Wie spät ist es?«

»So etwa elf wird es sein, oder?«

Paquita verstellte mir den Blick auf die Wanduhr. Ich wedelte mit der Hand, damit sie etwas zur Seite ging. Da sie nicht reagierte, schrie ich sie an: »ZUR SEITE! SCHNELL!«

Erschrocken machte sie einen Satz nach hinten.

»Was ist los? Was ist los? Eine Spinne? Hab ich irgendwo eine Spinne?«

Sie fing an, sich mit den Händen über Haare und Nacken zu reiben, hüpfte dabei auf der Stelle und stieß kleine Angstschreie aus. Ich schaute auf das Zifferblatt: Zehn Uhr achtundfünfzig. Ich war in den letzten Minuten meines Lebens eingeschlafen, ich war doch wirklich ein Volltrottel.

»Wo ist sie? WO IST SIE?«

Paquita schrie immer noch. Der Zeiger rückte auf 10:59 vor. Es war zu Ende. Ich wollte aufstehen und Paquita wegen all der Unannehmlichkeiten, die auf sie zukamen, fest in die Arme nehmen, aber da legte sich plötzlich ein funkelnder weißer Schleier über alles, und ich hatte gerade noch Zeit, gleichzeitig, wenn auch undeutlich zu denken: »Aha, das ist es also«, und: »So eine verdammte Scheiße …«

Ende

Der Tod ist überhaupt nicht so, wie man glaubt. Zu sterben ist nicht einmal unangenehm. Etwas unbefriedigend vielleicht. Etwa wie: »Und das war alles?« Man spürt nicht das Geringste, weder Kälte noch Hitze noch sonst irgendwas.

Man befindet sich in einer Art Schwebezustand, ohne Beschwerden oder Schmerzen.

Ich hatte ein Riesending aus der Sache gemacht, dafür gab es wirklich keinen Grund. Um ehrlich zu sein, ich hatte mir etwas Besseres erhofft. Es tut mir leid, dass ich die Botschaft nicht an die Lebenden weitergeben kann. Verrückt, wie man ein Leben lang vor etwas Angst hat, das so leicht ist. Eine bloße Formalität, ein einfacher Grenzübergang, wie früher, bevor es die ganzen Sicherheitsvorschriften gab. Man geht zum Flugsteig, und damit hat sich's. Weder Durchsuchung noch argwöhnische Fragen. Kein Gepäck nötig. Kommen Sie so, wie Sie sind. Shakespeare hatte recht: »dass wir lieber stündlich die Pein des Todes ertragen, als einmal sterben wollen!«

Es ist so was von banal, geradezu jämmerlich.

Ich weiß nicht genau, was ich eigentlich erwartet hatte, aber es hätte mich nicht gestört, wenn sich die Sache etwas großartiger gestaltet hätte. Engel und Trompeten? Meine lieben Verstorbenen vollzählig versammelt, um mich zu empfangen und mir zum Geburtstag zu gratulieren?

Oder Gott persönlich, why not?

Nichts. Niemand. Ich fühle mich einfach nur wie in einen Wattekokon gepackt. Etwas kommt mir allerdings merkwürdig vor. Mir scheint, als würde ich eine Frauenstimme hören, aus der Ferne, undeutlich, verschwommen.

Eine Stimme, die näher kommt, die immer lauter und klarer wird.

Eine Stimme, die mir jetzt ins Ohr schreit: DU SPINNST WOHL, DU HAST MICH ERSCHRECKT!!!

Sterben nützt nichts

»Du spinnst wohl, du hast mich erschreckt!«

Paquita wirft mir einen vorwurfsvollen Blick zu. Ich versuche sie mit tonloser Stimme zu beruhigen: *Keine Sorge, es geht mir gut*, als sie ärgerlich schnaubend hinzufügt: »Ich habe geglaubt, ich hätte irgendwo eine Spinne! Ich hab mich total erschrocken, als du so geschrien hast.«

Dann: »Also, ich geh dann mal. Du solltest langsam mal aufstehen, meinst du nicht?«

Und schließlich mit einer Ironie, von der sie nichts ahnt: »Los! Steh auf von den Toten!«

Sie steht vor mir und versperrt mir die Aussicht.

Mir ist, als müsste ich irgendetwas nachprüfen, aber was …? Ach, es ist zum Mäusemelken, vorhin wusste ich es doch noch … *Die Uhrzeit …*

DIE UHRZEIT!!!

Paquita geht einen Schritt zur Seite, und da sehe ich die Uhr an der Küchenwand.

Elf Uhr vier.

Unmöglich.

Diese Uhr läuft wie am Schnürchen, sie stimmt immer auf die Sekunde, sie geht nicht vor und nicht nach, niemals.

Ich wage mich nicht zu bewegen. Wenn ich mich bewege, wird sicher irgendwas passieren. Ich stecke in einem Zeitriss fest, mein Tod ist hängen geblieben, aber gleich wird es weitergehen, das Problem wird in den kommenden Sekunden behoben werden. Ich rühre mich nicht, ich atme nicht einmal mehr. Atmen? Wozu denn?

Der Minutenzeiger rückt auf elf Uhr fünf vor.

»Na, du bist ja heute echt nicht der Wachste!«, meint Paquita und lacht.

Dann: »Ich mach mich langsam auf den Weg, Nassar wird sich fragen, wo ich bleibe, und ich muss noch neuen Teig anrühren.«

Dann: »Kommst du nachher vorbei? Er beschwert sich, dass er dich seit mindestens zwei Wochen nicht mehr gesehen hat.«

Und schließlich: »Also, Küsschen, Schätzchen.«

Paquita beugt sich über mich, um mir einen mütterlichen Kuss auf die Backe zu drücken, die Uhr zeigt elf Uhr sechs, und da tue ich etwas für mich Ungewöhnliches: Ich setze mich auf, lege die Arme um Paquitas Taille, klammere mich an sie, vergrabe das Gesicht zwischen ihren Brüsten und fange an zu heulen wie ein Schlosshund.

»Schätzchen, was ist denn los? Hast du Liebeskummer, ist es das?«

Paquita traut sich nicht, meine Nase zwischen ihren Brüsten hervorzuholen. Sie spürt genau, dass es etwas Ernstes ist, dass ich dringend Körperkontakt brauche, dass ich durcheinander bin, völlig durch den Wind. Und in ihrer sentimentalen Welt kann da nur Liebeskummer dahinterstecken. Nichts anderes könnte sie derart zum Weinen bringen.

Ich schüttele den Kopf, soweit das in meiner Lage möglich ist.

Da wird sie noch ein bisschen besorgter und denkt ans Schlimmste: »Bist du etwa krank?«

Nein, eben nicht! Im Gegenteil, ich stecke voller Leben. Ich schüttele erneut den Kopf und nutze die Gelegenheit, um mit dem linken Nasenloch etwas Luft zu holen. Es wäre zu blöd, jetzt zu ersticken.

»Ist jemand anderes krank?«

Auch nicht.

Rechtes Nasenloch.

Paquita denkt nach. Sie probiert es mit einer neuen Fährte: »Hast du irgendwelchen Ärger? Du musst es mir sagen, wenn du Ärger hast!«

Ich antworte nicht. Ihre Stimme wird drängender, ernster: »Du wirst doch wohl nichts angestellt haben?«

Paquita kommt aus einer Familie, in der die Männer nicht weinen, außer vielleicht aus den einzig annehmbaren Gründen, die da lauten (und genau in dieser Reihenfolge): Tod ihrer Mutter, ihres Vaters, ihres Sohnes, eines Kumpels, ihrer Frau, ihrer Tochter, oder eine Verurteilung zu mehr als fünfundzwanzig Jahren ohne Bewährung.

Paquita lässt nicht locker: »Hast du etwas ausgefressen? Mein Gott, ich wusste es!«

Ich schüttele den Kopf, befreie meine Nase aus dem üppigen Dekolleté, hole tief Luft und hauche: »Nein, aber ich bin noch da.«

Paquita rückt ihren BH zurecht, sortiert ihre Brüste, jede an ihren Platz.

Sie seufzt: »Na ja, ich bin auch da. Ich bin hier sogar geboren. Was soll's, es gibt Schlimmeres.«

Ich sage: »Nein, ich bin da ... Da!«

Ich breche auf einmal in leicht hysterisches Gelächter aus und sage: »Ich bin am Leben, verstehst du? ICH BIN AM LEBEN!!!«

Ich versuche mich zu beruhigen, aber da ist nichts zu machen, ich kann nicht mehr aufhören zu lachen, unkontrollierbare Gluckser steigen aus meinem Bauch auf, ich weine, meine Nase läuft, alles verkrampft sich, es tut weh, ich schluchze, ich schniefe, ich pruste.

Paquita betrachtet mich eine Weile wortlos und etwas verwirrt, dann nickt sie und meint: »Weißt du was, komm doch lieber gleich mit zum Crêpe-Wagen. Dann erzählst du das alles Nassar.«

Sie tätschelt meine Schulter, zerzaust mir zärtlich die Haare, betrachtet meinen Aufzug und fügt hinzu: »Komm einfach mit, wie du bist, macht ja nix.«

Dann stöbert sie in meinem Kleiderschrank herum: »Aber es ist heute ganz schön kalt! Zieh wenigstens eine Jacke über.«

Sie zieht mich an wie ein Baby, bindet mir einen Schal schön fest um den Hals. Dann zieht sie selbst ihre taubenblaue Leopardenjacke an, schnappt sich ihre Tasche und geht hinaus.

Ich folge ihr, unfähig, aus eigenem Antrieb zu denken oder zu handeln, immer noch lachend, in meinem apfelgrünen Skianorak mit dickem Fleece-Schal, in Turnschuhen und Sonntagsanzug, mit Bärchen an den Füßen und Tränen in den Augen.

Es riecht nach Crêpes.

Paquita macht sich am Herd zu schaffen. Sie gießt Teig auf die heiße Platte, verteilt ihn mit einer graziösen Drehbewegung des Schiebers, wendet die Crêpe und bestreut sie mit Zucker und Nusssplittern.

»Bitte sehr! Schönen Tag noch!«

Sie lächelt, gibt Geld heraus. Sie bäckt die nächste, spart nicht an Butter, Zucker und Schlagsahne. Dann klappt sie sie zweimal zusammen, wickelt sie in eine weiße Papierserviette und bringt sie mir.

»Vorsicht, Schätzchen, heiß!«

Ich sitze mit verstörtem Blick auf einem der beiden Stühle, die neben dem Wagen für die Kunden bereitstehen, unter den blattlosen Platanen gegenüber des Lycée Mistral, und verbrenne mir an der heißen Crêpe die Zunge.

Ich werde immer noch ab und zu von Lachkrämpfen geschüttelt.

Vorhin, als wir angekommen sind, hat Paquita mit Nassardine geredet, so diskret, wie sie eben kann. An ihren Gesten konnte ich ablesen, dass es um mich und mein beunruhigendes Verhalten ging. Jetzt wartet sie wohl darauf, dass er eingreift, schließlich ist er der

Mann – was so viel bedeutet wie Gott –, er muss wissen, was zu tun ist. Aber Nassardine hat sich zum Meister in der Kunst des passiven Widerstands entwickelt, er tut immer, was er will, und zwar dann, wenn er es will. Im Augenblick sitzt er auf dem Fahrersitz und liest Zeitung. Paquita seufzt lautstark, räuspert sich und führt einen ganzen Tanz von Gebärden und Mienen auf, um seine Aufmerksamkeit auf sich zu ziehen. Starrer, hypnotisierender Blick *(Also, redest du jetzt mit ihm oder nicht?)*, Hochziehen der Augenbrauen *(Los, worauf wartest du denn noch?)*, Schmollmund, Kopfschütteln *(Grrr! Also ehrlich!)*.

Doch Nassardine lässt sich nicht erschüttern. Er lässt sich nie von irgendetwas erschüttern. Hin und wieder wirft er mir einen Blick durchs Wagenfenster zu, über seine Zeitung hinweg. Was er sieht, scheint ihn nicht weiter zu beunruhigen.

Paquita verliert die Nerven und beginnt, auf ihn einzuschimpfen. Wenn er nicht mit mir reden will, dann soll er sich wenigstens nützlich machen.

»Gehst du jetzt Eier holen oder nicht? Es ist schon Viertel vor, die Schule ist gleich aus.«

Nassardine nickt, liest aber weiter.

Paquita hinter ihrer Theke schnaubt laut.

»Sie werden mir ausgehen, nur dass du Bescheid weißt.«

Nassardine weiß also Bescheid.

Er legt seine Zeitung hin, steht ohne Eile auf, nimmt eine Einkaufstasche und sagt im Vorbeigehen zu mir: »Ich mach dir einen Kaffee, wenn ich zurückkomme.

Ich soll wohl mit dir reden, weil es dir angeblich nicht gut geht.«

Mit einem Augenzwinkern fügt er hinzu: »Ich geh dann mal lieber, sonst kriege ich Ärger mit der Chefin.«

Er macht sich auf den Weg zu dem kleinen Supermarkt ein Stück den Boulevard hinunter, um Nachschub zu besorgen.

Paquita schreit hinter ihm her: »Und nimm große, ja, nicht wie beim letzten Mal! Und bring auch Butter mit, wenn du schon mal da bist! Und trödel nicht wieder so!«

Ohne sich umzudrehen, hebt Nassardine eine Hand, um zu zeigen, dass er sie gehört hat. Er geht in seinem ruhigen Schritt davon, die Tasche über die Schulter gehängt und die Hände in den Hosentaschen.

Eine der Lehrerinnen aus dem Lycée kommt herüber, um vor dem Unterricht eine Crêpe mit Zucker zu bestellen. Sie isst sie im Stehen neben dem Wagen. Ich kenne sie vom Sehen. Sie schaut ab und an zu mir herüber, diskret, unaufdringlich.

Ich lächele sie an und sage: »Ich bin am Leben!«

Sie nickt vorsichtig und lächelt etwas gezwungen, aber freundlich zurück.

Ich lade sie ein, sich zu mir zu setzen, indem ich auf den anderen Stuhl klopfe. *Nein danke, geht schon,* murmelt sie mit leicht beunruhigter Miene.

Ich dränge nicht weiter, ich verstehe sie. Ich würde mich in dem Moment auch nicht neben mich setzen. Ich muss völlig durchgeknallt wirken, wie ich so allein vor mich hinlache, in meinem alten Anorak, meinen Bärchen-Socken und meinem Hochzeitsanzug.

Ich stelle mir vor, wie ich aussehe, und ersticke vor Lachen fast an meiner Crêpe.

Nassardine kommt nach fünf Minuten zurück.

»Du hast dir ja Zeit gelassen«, empfängt ihn Paquita kühl – für ihren Geschmack ist die Kassiererin im Supermarkt etwas zu freundlich.

Nassardine lächelt gleichmütig. Er drückt sich von hinten an Paquita, als er an ihr vorbeigeht, und legt eine Hand auf ihre pralle Hüfte. Sie schimpft pro forma.

»Also nee, lass das! Nicht jetzt!«

Aber man spürt doch, dass sie sich freut.

Nassardine räumt die Eierschachteln in den unteren Schrank und reibt sich fröhlich die Hände. Endlich kann er sich den wichtigen Dingen des Lebens zuwenden! Er nimmt einen völlig verbeulten Alutopf hervor, füllt Wasser hinein, stellt ihn aufs Gas, so gut es geht, und meint fröhlich: »Versprochen ist versprochen ...!«

Fünf Minuten später steigt uns der Geruch von verbranntem Kaffee in die Nase. Nassardine holt drei Tassen aus dem Schrank und steigt dann mit dem Topf aus dem Wagen, um ihn uns zu servieren. Er behandelt die Leute nicht gern von oben herab.

Die erste Tasse reicht Nassardine der Kundin, ohne dass sie darum gebeten hätte.

»Bitte schön, Madame Morel! Sie werden schon sehen!«

»Ja, manche Sachen muss man gesehen haben, um sie zu glauben …«, meint Paquita spöttisch.

Nassardine tut, als hätte er nichts gehört. Er kommt zu mir herüber, eine Tasse in der einen Hand, den Topf in der anderen. Er dreht sich zu der Lehrerin um, die eifrig auf die schlammige schwarze Flüssigkeit pustet. Er wiederholt mit seinem unwiderstehlichen Lächeln: »Sie werden schon sehen!«

Madame Morel trinkt.

Madame Morel sieht.

Paquitas Schultern zucken schon.

»Und?«, fragt Nassardine, ohne sie aus den Augen zu lassen, während er mir einschenkt und dabei Gefahr läuft, meine Tasse zu verfehlen und mir die Knie zu verbrühen. »Und? Habe ich zu viel versprochen?«

»Mhmm«, antwortet die Ärmste mit vollem Mund.

Paquita zwinkert ihr unauffällig zu. Madame Morel versucht, ernst zu bleiben. Vergebliche Liebesmüh. Sie prustet los und versprüht ihren Kaffee ringsherum. Paquita kann sich kaum mehr beherrschen.

Ich nutze die Gelegenheit, meine Tasse diskret an der Platane neben mir auszuleeren, solange mich niemand beachtet.

Nassardine ist eingeschnappt, er verschränkt die Arme und sagt: »Ihr wisst ja nicht, was gut ist!«

Er wendet sich mir zu: »Stimmt doch, oder? Sie wissen nicht, was gut ist!«

Als Antwort zeige ich ihm unschuldig lächelnd meine

leere Tasse. Nassardine betrachtet sie, wirft mir einen beglückten Blick zu, und ich komme mir vor wie der schlimmste Heuchler und Verräter.

Nassardine zeigt mit einer Kopfbewegung auf die Frauen, nimmt demonstrativ einen großen Schluck und würgt ihn herunter. Das macht die Sache nur noch schlimmer. Paquita kann nicht mehr an sich halten, sie brüllt vor Lachen, presst die Beine zusammen und quietscht voller Panik, dass sie sich gleich in die Hose macht. Die Lehrerin hält sich die Seiten und japst: »Aufhören! Aufhören!«

Nassardine runzelt die Stirn, schüttelt den Kopf und nickt dann zustimmend zu seinen noch gar nicht ausgesprochenen Worten: »Echter Kaffee ist eben nix für Frauen.«

Trallalla

»Dass du am Leben bist, sieht man, Schätzchen, du kannst jetzt aufhören, das zu sagen, okay!?«

Paquita zwinkert den beiden Schülern, die auf ihre Crêpes warten, beruhigend zu – sie beobachten mich verstohlen und stoßen sich mit der Schulter an. Sie tuscheln, nehmen ihre Crêpes in Empfang und gehen kichernd davon. Mir egal.

Mir egal – mir egal – mir egal – mir egal.

Es ist vierzehn Uhr fünfzig, und ich lache seit vorhin vor mich hin, ohne länger als ein paar Minuten damit aufhören zu können. Ich wiederhole in allen Tonlagen, dass ich am Leben bin. Ich könnte es auf jede Melodie singen, **T**_r_**a**_lla_**ll**aaa, I**ch** b**In** *a*m Le*B*e**N**! Ich könnte es sogar röhren wie ein Hirsch, wenn ich nicht so gut erzogen wäre.

Ach, und was soll's! Ich röhre es: »ICH BIN AM LEEEEBEN!«

Vom Schultor gegenüber erklingt brüllendes Gelächter. Eine ganze Horde von Jugendlichen macht sich über mich lustig, sie finden mich lächerlich, wie ich in meinem altmodischen Anorak vor mich hin spinne.

Paquita räuspert sich. Sie wirft Nassardine einen ratlosen Blick zu. Ich weiß nicht, was sie von ihm erwartet.

Er scheint es auch nicht so recht zu wissen, und ich glaube, es ist ihm auch egal. Er ist in einen Reiseführer über Lissabon vertieft, da wird er sich nicht so schnell herausreißen lassen. Paquita versucht es mit einer anderen Taktik: »Willst du vielleicht noch eine Crêpe?«

Ich schüttele den Kopf. Sie versucht mich vollzustopfen, damit ich mich beruhige – wahrscheinlich denkt sie, etwas Ballast wird mich stabilisieren. Es ist schon meine dritte, wenn das so weitergeht, muss ich mich übergeben.

»Bist du sicher? Wie wär's mit einer mit Schinken und Reblochon, zur Abwechslung?«

»Du willst mich wohl umbringen?«

Das hätte ich nicht sagen sollen. Ich platze wieder los.

»Ich geb's auf«, sagt Paquita.

Achtzehn Uhr fünf.

Seit einer halben Stunde lache ich nicht mehr – nur manchmal gluckse ich noch auf.

Paquita und Nassardine haben mich, doch etwas besorgt, zu sich nach Hause zum Abendessen eingeladen (das traf sich gut, in meinem Kühlschrank war nichts mehr. Nicht einmal *tumbleweeds*, und der bloße Gedanke daran löste wieder einen Lachanfall aus ...).

Es ist Wind aufgekommen und eiskalt geworden. Wenn die letzten Schüler und Lehrer weg wären, würde niemand mehr so verrückt sein, Wind und Wetter zu trotzen, bloß um eine Crêpe zu essen, nicht einmal eine von der weltberühmten Sorte namens Liebestraum (mit Honig und Nüssen, Ziegenkäse, Coppa, Feigenmarmelade und Rumrosinen), die Spezialität von *Chez Pâquerette*.

Um achtzehn Uhr fünfzehn macht Paquita den Herd aus und holt die große weiße Holztafel herein, die Nassardine für sie in orientalisch inspirierter Kalligraphie beschriftet hat. Dann schließt sie die Seitenwand, klatscht in die Hände und sagt mit einer Bescheidenheit, die ihren Stolz nur schlecht verbirgt: »So, jetzt geht's nach Hause!«

Denn seit drei Wochen haben Nassar und Paquita endlich ein Zuhause, zwanzig Kilometer vom Stadtzentrum entfernt. Ein kleines Haus, das sie mit dem ersparten Geld eines ganzen emsigen Ameisenlebens erworben haben.

Sie haben es günstig bekommen, der vorige Eigentümer war entgegenkommend. Dass das Haus in einem Überschwemmungsgebiet liegt, mag dabei auch eine Rolle gespielt haben. Aber als ich Nassardine auf das Thema ansprach, meinte er gelassen: »Mein Sohn, man muss wählen. Entweder wir bleiben in der Wohnung und schauen auf Betonwände und hören die Autos an der Kreuzung, oder wir nehmen das: vier Zimmer, ein kleiner Garten, Blick auf den Fluss. Vielleicht gibt es Überschwemmungen, vielleicht nicht, wir werden sehen. Das ist Kismet.«

»Ja, aber wenn es Überschwemmungen gibt?«

»Es ist noch nie höher gestiegen als bis da«, sagte er und zeigte auf sein Knie.

»Ja, aber wenn es höher steigt, Nassar?«

»Es wird schon gehen, mein Sohn. Wir sind wasserdicht.«

Decimus, Décimé, Decime

Achtzehn Uhr fünfundvierzig. Es ist schon lange dunkel. Im Februar sind die Tage kurz. Ich beklage mich nicht, ich dachte, dass dieser hier noch viel kürzer sein würde.

Paquita sitzt rechts, Nassardine am Steuer und ich auf dem Sitz in der Mitte, wie ein kleiner Jesus zwischen Ochs und Esel.

Wir sind fast bei ihnen angekommen.

»Also so was …!«

Nassardine schüttelt beim Fahren den Kopf. Paquita ist völlig platt.

Ich habe ihnen gerade in groben Zügen die Geschichte meiner Familie erzählt.

»Warum hast du uns das nie gesagt?«, fragt Paquita.

Ich spüre, dass sie etwas beleidigt ist.

»Hättest du mir geglaubt, wenn ich dir das erzählt hätte?«

»Nee, natürlich nicht, was für 'ne Frage!«

»Und glaubst du mir jetzt?«

»Äh, n …«

»Du bist unser Freund«, unterbricht sie Nassardine.

Was in Nassardines Sprache heißt: Ein Freund lügt seine Freunde nicht an. Wenn du das also sagst, muss es wahr sein.

»Aber warum bist du denn dann nicht tot?«, fragt Paquita.

Sie schiebt sofort nach: »Wir freuen uns natürlich für dich!«

Dann wieder: »Aber warum bist du dann nicht tot?«

Keine Ahnung.

»Vielleicht kommt es ja noch? Vielleicht eine Verspätung?«, meint Paquita, als könnte mich das beruhigen. Sie redet davon wie von einem Zug, auf den ich am Bahnhof warte.

Sie lässt nicht locker: »Aber überleg doch mal, hast du nicht irgendeine Idee, warum du nicht tot bist?«

Nein, nicht die geringste.

Ich habe die Frage zwischen zwei Lachanfällen in meinem Kopf hin und her gewälzt, aber keine Antwort gefunden. Ich hätte an diesem Morgen um elf Uhr sterben sollen und bin immer noch am Leben, das ist alles, was ich weiß.

Nassardine schnalzt mit der Zunge und meint: »Morty, du weißt, dass ich dein Wort nicht anzweifle, nicht wahr, das weißt du doch? Aber … bist du dir sicher? Alle Männer in deiner Familie …?«

»Ja, alle. Soweit man es zurückverfolgen kann. Ich habe recherchiert, das kannst du mir glauben. Ich kenne meinen Stammbaum besser als meine Telefonnummer.«

Das stimmt tatsächlich. Man kann nicht mit einem derartigen Damoklesschwert über dem Kopf leben, ohne sich irgendwann zu fragen, welcher Idiot es geschmiedet hat. Vor ein paar Jahren habe ich mich ernsthaft ans Recherchieren gemacht. Mit Hilfe verschiedener Webseiten, die sich der Ahnenforschung widmen, und nach endlosem Tüfteln und Kombinieren konnte ich meine Ahnenreihe bis ins Jahr 1623 zurückverfolgen, was schon sehr ehrenwert ist – weniger ehrenwert dagegen, dass ich das Ganze in meiner Arbeitszeit erledigt habe. Im Anjou habe ich die Spur eines gewissen Mordiern Henri Déodat Décimé gefunden, verheiratet mit Jeanne Augustine Drapier, Eltern von Morderic Henri Étienne Décimé und von Vitalie Marie Rose gleichen Nachnamens. Man bemerke, dass unser Nachname sich damals mit zwei Akzenten schrieb, wie das Partizip »dezimiert«, was den Schluss nahelegt, dass das Schicksal bereits begonnen hatte, mit uns abzurechnen.

Da diese Geschichte mit den Akzenten Nassardine und Paquita nicht sehr klar ist, gebe ich ihnen etwas Nachhilfe in Etymologie.

»Decime ohne Akzente kommt von *decimus*, lateinisch ›der Zehnte‹. Wahrscheinlich wurde unser Name lange Zeit ›decime‹ ausgesprochen.«

»Na, was du alles weißt!«, begeistert sich Paquita bereits.

Über das Thema weiß ich eine Menge, das ist richtig. Ich hatte gute Gründe, mich dafür zu interessieren, das mag es entschuldigen.

»Tatsächlich war der erste Decime vielleicht einfach das zehnte Kind seiner Eltern. Oder er war an einem Zehnten des Monats geboren worden, oder im zehnten Monat des Jahres … Familiennamen haben selten einen ausgefallenen Ursprung. Ein Vorname, ein Beruf, eine körperliche Besonderheit, eine Charaktereigenschaft, der Name des Dorfes …

Dann sind irgendwann zwei Akzente aufgetaucht, ein paar Jahrzehnte lang hießen sie Décimé. Vielleicht hatte ein kleiner Scherz bei einer Beerdigung genügt – ›sie sollten nicht Decime heißen, sondern *décimés*, die Dezimierten, so wie sie in dieser Familie alle mit nicht mal vierzig abnippeln! Ha ha ha!‹

So ist es im Leben – allzu oft wird man zum Opfer irgendwelcher Idioten.

Wie auch immer, aus Decime ist tatsächlich Décimé geworden, mit anderen Worten ›vernichtet, ausgerottet‹, wie mein Urahn Mordiern Décimé und seine Nachfahren beweisen. Erst während der Französischen Revolution sind die beiden Akzente endgültig verschwunden – wahrscheinlich untergegangen im allgemeinen Durcheinander –, und die Aussprache wandelte sich zu derjenigen, die bis heute gilt, seit der Geburt der Zwillinge Morvan Pluviôse Decime und seiner Schwester Violette Sanculottine, Kinder des Bürgers Mortauroy Marat Decime und der Bürgerin Prairiale Eglantine Boucher.

Mortauroy und Prairiale hatten bestimmt die Nase gestrichen voll von den geschmacklosen Bemerkungen über ihren Nachnamen. Sie hatten mit ihren albernen Vornamen schon genug zu tun – Mortauroy wie ›Tod dem König‹ und Prairiale nach dem letzten Frühlingsmonat des Revolutionskalenders. Sie müssen beschlossen haben, mit den schlechten Witzen kurzen Prozess zu machen. Das war gerade sowieso Mode.«

»Hör zu … Ich glaube dir«, meinte Nassardine. »Das schwöre ich. Aber … aber …«

Ich verstehe seine Ungläubigkeit. Und doch. Ich kann beweisen, was ich sage, ich habe Briefe, Namen, Daten, Fakten.

Morvan und sein Bidet. Morin als Konfetti. Maurice und sein Esel. Mein Vater und sein Luftballon.

Nassardine reibt sich mit zweifelnder Miene den Schnurrbart.

Paquita hüstelt.

»Äh … wenn du ›Bidet‹ sagst, meinst du da ein … *Bidet*? Um sich … untenrum zu waschen?«

Ja.

Da ich anscheinend mehr Zeit habe als vorgesehen, und auf allgemeinen Wunsch …

AUF ALLGEMEINEN WUNSCH …

Wie ein gewöhnliches Bidet zum Werkzeug des Schicksals werden kann

Mein Ururgroßvater, Morvan Decime, hatte in zweiter Ehe eine reizende Brünette namens Léontine geheiratet. Der Nachbarschaft zufolge ließ die Moral der Schönen etwas zu wünschen übrig, was eine höfliche Art war, sie als Schlampe zu bezeichnen. Mir geht das nicht weiter nahe, denn sie war nicht die Mutter meines Urgroßvaters. Dieser, mit Vornamen Morin, hatte seine Mutter Antonia schon mit einem Jahr verloren – sie war der Schwindsucht zum Opfer gefallen, die damals Hochkonjunktur hatte.

Morvan war ein gutaussehender Mann, auch wenn er im Deutsch-Französischen Krieg von 1870 ein Bein verloren hatte. Er war fast zweiunddreißig, und da er sein Schicksal im voraus kannte, war er entschlossen, die vier Jahre, die ihm noch blieben, in vollen Zügen zu genießen. Er hatte ein lebhaftes Temperament, und nach Antonias Tod verspürte er schnell das Bedürfnis, diese zu ersetzen. Er verguckte sich in besagte Léontine, die dreizehn Jahre jünger und noch zehnmal temperamentvoller war als er. Kaum verließ er das Haus, um in der örtlichen Tabakmanufaktur arbeiten zu gehen, lief die Schöne, die mit dem Waisensöhnchen nicht viel am Hut hatte, über Stock und Stein davon, angeblich um ihre

Ziegen auf die Weide zu führen, tatsächlich aber, um einen ihrer zahlreichen Verehrer sich an ihr weiden zu lassen.

Nachdem er sein Söhnchen mehrmals allein zu Hause und bis zu den Achseln eingenässt vorgefunden hatte und dazu feststellen musste, dass seine Frau oft sehr spät, außer Atem, mit roten Wangen und Heu in den Haaren heimkam, riss Morvan die Geduld. Er bekam einen Wutanfall, dass die Wände zitterten, und beschloss, das Luder einzusperren. Er ließ an Türen und Fenstern Schlösser anbringen, deren schwere Schlüssel fortan an seinem Gürtel baumelten und klingelten, was zusammen mit dem Klopfen seines Holzbeins ein hübsches Duett ergab. Klingeling, tapp tapp.

Darauf folgten vier Jahre relativen Glücks. Die Schöne blieb im Haus eingesperrt und verließ es nur noch an seinem Arm, um sonntags in die Kirche und freitags auf den Markt zu gehen. Sie hatte die Sache scheinbar gut aufgenommen. Sie lächelte, war zärtlich und liebevoll. Der kleine Morin hatte sich zu einem sehr ruhigen oder, anders gesagt, etwas schlaffen Kind entwickelt, und alles schien mehr oder weniger in bester Ordnung. Morvan beglückwünschte sich jeden Tag zu seinem glücklichen Entschluss, auch wenn er manchmal den Eindruck hatte, dass man über ihn lachte. Aber die Leute sind eben eifersüchtig auf das Glück ihrer Nachbarn.

Eines schönen Frühlingsmorgens zerstörte ein Großbrand die Manufaktur. Die Arbeiter sahen zu, wie alles in Rauch aufging, und wurden am Ende des Schauspiels nach Hause geschickt.

Als er kurz vor elf Uhr dort ankam, fand Morvan seinen Sohn in tiefem Schlaf in der Küche, die Nase in seinem Teller. Er stank nach Laudanum. Vom oberen Stockwerk her erklang dumpfes Stöhnen. Kein Zweifel: Irgendein Schurke hatte seinen Sohn betäubt und tat seiner Frau Gewalt an.

Morvan wollte nach oben stürzen, um ihr zu Hilfe zu kommen, als sich unter das Stöhnen *Oh ja! Oh jaaa!*-Rufe mengten, die wenig Raum für Zweifel ließen. Mein Ururgroßvater rannte die Treppe hoch – klingeling, tapp tapp – und stürmte wie ein Irrer in das eheliche Schlafzimmer, in dem Léontine sich von eben dem Schlosser flachlegen ließ, der damals die Schlösser angebracht hatte.

Morvan geriet außer sich und stürzte aufs Bett zu, um mit den Treulosen abzurechnen. Doch ach, sein Holzbein blieb in einer Spalte des Dielenbodens stecken, während Morvan auf dem verbleibenden Bein weitersprang und mit der Stirn gegen die Wand prallte. Groggy wie ein Boxer brach er zusammen und landete mit dem Gesicht im Bidet, welches Léontine in weiser Voraussicht schon mit lauwarmem Wasser gefüllt hatte, um sich von allen Spuren reinzuwaschen.

Léontine und ihr Schlosser rannten in Panik aus dem Zimmer. Der Schlosser machte sich in Unterhosen davon, die Nachbarn kamen herbeigelaufen, man tröstete die arme Léontine, die sich den Knöchel verknackst hatte. Als sie sich endlich beruhigt hatte, kochte sie Kaffee, bot den Herren Schnaps, den Damen Nusslikör an. Man schwatzte ein wenig und knabberte ein paar Kekse.

Dann schickte man eins der anwesenden Kinder los, um den Arzt zu holen, der jedoch mitten in einer Zangengeburt steckte und erst viel später eintrudelte. Er konnte nur noch Morvans Tod feststellen und seine Überraschung kundtun. Morvan war tatsächlich tot, kein Zweifel, aber er war *ertrunken*, denn vor dem Sturz ins Bidet war er lediglich bewusstlos gewesen.

Der Arzt unterschrieb den Totenschein, die Nachbarn gingen wieder. Einer von ihnen nahm in seinen Armen die humpelnde Léontine mit, um sie zu Hause zu pflegen, vor fremden Blicken sicher, und meinen Urgroßvater ließ man seinen Laudanumrausch ausschlafen, bevor man ihn zu seiner Tante Vilma brachte.

Es war der achtzehnte März, Morvan war an dem Tag sechsunddreißig geworden.

»Schau her, ich habe Gänsehaut!«, ruft Paquita und zeigt auf ihre Brustwarzen, die sich unter dem Paillettenpulli abzeichnen.

Ich kann sie verstehen. Ich selbst habe diese Geschichte als Kind geliebt. Mein Vater erzählte sie mir in einem derart ergriffenen, inspirierten Ton, dass ich immer erwartete, den fürchterlichen Morvan mit seinem Holzbein hinter seinem Rücken auftauchen zu sehen. Ich meinte, den Schlüsselbund an seinem Gürtel klingeln und das Holzbein auf den Treppenstufen klopfen zu hören. Allerdings verstand ich nie ganz, was im Schlafzimmer vor sich ging, als die Tür aufflog, denn da wurde mein Vater plötzlich geheimnisvoll.

Eines Tages hielt ich es nicht mehr aus und unterbrach ihn mitten im Satz: »Was machte der Schlosser denn?«

Meinem Vater blieb der Mund offen stehen.

Schließlich antwortete er in einem Ton, der keine Nachfragen zuließ: »Schweinereien!«

Auch wenn ich irgendwann, ein paar Jahre später, kapiert habe, was Sache war, habe ich davon ein instinktives, absurdes Misstrauen gegen alles zurückbehalten, was mit Schlosserei zu tun hat.

Ich schließe nie irgendwelche Türen ab.

Ich kann machen, was ich will, ich denke nie daran, den Riegel vorzuschieben.

Nichts geht über eine Granate, um bombenmäßig abzugehen

Da sie keinen Wert darauf legte, bei ihren Tagen der offenen Tür gestört zu werden, hatte Léontine sich angewöhnt, die Milch des kleinen Morin mit Laudanum zu versetzen. Davon hatte das Kind eine verhängnisvolle Suchtneigung zurückbehalten. In der Familie wird überliefert, dass der Junge schon sehr früh das dringende Bedürfnis zeigte, sich bei der kleinsten Verstimmung zuzudröhnen. Da Laudanum verschreibungspflichtig war, griff er auf den glücklicherweise frei verkäuflichen Alkohol zurück.

Er hatte sich bereits einen soliden Ruf als Säufer erarbeitet, als er beim großen Feuerwehrball Muguette kennenlernte. Muguette, die meine Urgroßmutter werden sollte, war in jeder Hinsicht eine starke Frau, anders als ihr zarter Vorname, der Maiglöckchen bedeutet, vermuten ließ. Morin hatte seine guten Seiten, er war ein ruhiger Mann, auch wenn er zu tief ins Glas schaute, und es war ja allgemein bekannt, dass die Männer seiner Familie in einem annehmbaren Alter den Löffel abgaben. Muguette kam das sehr entgegen: Sie würde bald Witwe und reich sein. Sie angelte sich meinen Urgroßvater und schenkte ihm, ehe er sich's versah, vier Kinder: meine Großtanten Virginia, Victorine und Violette und meinen

Großvater Maurice. Nachdem sie bekommen hatte, was sie wollte, machte sie ihrem Mann das Leben zur Hölle und schlug ihn gnadenlos.

Zum Glück kam dann der Krieg.

Morin wurde mit fast dreiunddreißig eingezogen. Er rückte lächelnd ein und kam elf Monate später zurück. Der Schützengraben, in dem er zu überleben versuchte, war vom Feind unter Trommelfeuer genommen worden, und zum Pech des Schützen Morin hatte eine Befestigungsbohle, die von einer Explosion weggefegt worden war, Kurs auf ihn genommen. Er hatte sie voll ins Gesicht bekommen: zwölf Stiche zwischen den Augenbrauen und ein paar Gedächtnisstörungen. Man erklärte ihn für untauglich, weitere Deutsche umzubringen, und da er folglich zu nichts mehr nutze war, wurde er per Lazarettkonvoi zurück in die Heimat geschafft. Seine Rückkehr wurde in der Stadt angemessen gefeiert. Man empfing ihn als Helden, und er wurde zu einer Lokalgröße, wie alle an der Front Verwundeten. Er trank mit beachtlicher Beständigkeit weiter, siezte jedoch seine Frau für den Rest seines Lebens. Auch wenn sie ihn windelweich prügelte, um sein Gedächtnis aufzufrischen, erkannte er sie nie wieder und ließ sich gleichmütig misshandeln. Am Ende hatte sie es satt und wich auf ihren Sohn aus, meinen Großvater Maurice, der vor Schrecken brüllte, sobald seine Mutter sich ihm näherte. Das waren im übrigen die einzigen Momente, in denen ein undeutlicher Bewusstseinsschimmer in den Augen seines Vaters aufleuchtete, der sein Leben ansonsten sommers wie winters vor dem Kamin verbrachte, wo er vor sich hin döste oder friedlich seine Pfeife rauchte.

Wie die meisten Soldaten seiner Zeit hatte Morin in seinem Feldkoffer ein paar typische Souvenirs aus dem Krieg mitgebracht: eine Pickelhaube, zwei Artilleriegranaten und eine Handvoll Handgranaten (eine Besozzi, zwei P1 und eine Citron Foug), die dekorativ auf dem Kaminsims lagen.

Eines Tages, als Muguette wieder mal in Hochform war und sich an ihrem damals knapp vierjährigen Sohn abreagierte, stand Morin plötzlich wortlos auf, packte den Knirps und warf ihn durchs Wohnzimmerfenster ins Gemüsebeet, ging zu seiner Frau und umschlang sie. Vor lauter Überraschung ließ sie es sich gefallen. Eng an sie gedrückt, führte er sie in einem stummen Walzer bis zum Kamin. Dort nahm er seine Besozzi-Granate vom Sims, hielt die Zündschnur an seine brennende Pfeife, und bevor Muguette begreifen konnte, was vor sich ging, flogen sie mit einem Knall in die Luft.

Als die von der Explosion angelockte Feuerwehr eintraf, klebten Morin und Muguette in winzigen Fetzen an den Wänden und auf dem Boden. Draußen saß in der Nähe des Kraters mein Großvater Maurice inmitten der Salatköpfe und spielte mit einem Schuh in Größe 43, den er nicht hergeben wollte, bis seine drei Schwestern aus der Schule kamen.

Vom Haus war nichts übrig als der Kamin, auf dessen Sims noch, wie durch ein Wunder unversehrt, zwei Artilleriegranaten, drei Handgranaten und eine schöne Pickelhaube thronten.

An diesem schönen ersten Mai, dem Tag seines sechsunddreißigsten Geburtstags, des Maiglöckchenfests und des Namenstags seiner Frau Muguette, hatte Morvan beschlossen, es krachen zu lassen.

Nassardine stellt den Motor ab. Paquita steigt aus dem Lieferwagen und meint: »Der arme Kleine, ganz allein, mitten im Salat … Wie schrecklich!«

»Aber genauso war es. Mein Großvater hat den Schuh als Andenken behalten … Keine Ahnung, was aus ihm geworden ist.«

Ich steige auch aus, schaue mich ein wenig um und sage: »Nett, euer Garten.«

»Ach, stimmt, du kennst ja unser neues Zuhause noch gar nicht!«, sagt Nassardine und schließt den Wagen ab. »Ich mache zurzeit die Garage fertig und will hinten noch etwas anbauen. Es ist noch eine Menge zu tun, aber es geht voran, es geht voran …«

»Armer Kleiner!«, wiederholt Paquita für sich und kramt in ihrer Tasche nach dem Hausschlüssel.

Sie öffnet die Tür, ich folge ihr hinein. Sie hängt ihre Leopardenjacke auf, zieht ihre Pumps aus und Hausschuhe mit Absatz und rosa Federn an, dann dreht sie sich zu mir um und fragt besorgt: »Was ist denn aus dem armen Jungen geworden?«

»Er ist mit seinen drei Schwestern Virginia, Victorine und Violette ins Waisenhaus gekommen.«

»Mashallah!«, seufzt Nassardine.

»Und wie ist er gestorben?«, fragt Paquita, die allmählich auf den Geschmack kommt.

»Vom Blitz getroffen wegen eines Esels.«

»Vom Blitz getroffen wegen eines …?«, wiederholt Nassardine nachdenklich.

Jawohl, genau.

Zu was für einer schrecklichen Tragödie es führen kann, wenn ein Esel seine sprichwörtliche Sturheit beweist

Als sie das Waisenhaus verließen, wurde das magere Erbe ihrer Eltern zu gleichen Teilen unter Maurice und seinen drei Schwestern aufgeteilt.

Maurice, der gegen jede Art von Arbeit allergisch war, machte selten Gebrauch von seinen Händen, die er der Wissenschaft vermachen wollte. Von seinem Erbteil kaufte er sich einen Karren und einen Esel, um in der Gegend herumzufahren und vielleicht dies und das zu transportieren, allerdings unter der ausdrücklichen Bedingung, dass er die Waren nicht selbst auf- und abzuladen brauchte.

Abgesehen von einem tragischen Schicksal, einer schwächlichen Konstitution, einer maßlosen Faulheit und einem schmalen Geldbeutel hatte Maurice von seinem Vater eine gewisse Neigung geerbt, sich einen auf die Lampe zu gießen. Da er meistens blau war, blieb die schwierige Aufgabe der Navigation dem Esel Bimbin überlassen. Bevor er einnickte, gab mein Großvater ihm die Adresse: »Bimbin, zur Schmiede!«

Oder: »Bimbin, zu Moreau!«

Dann machte sich Bimbin, immer hübsch mit den Hufen klappernd, gemächlich auf den Weg. Er war ein

Phlegmatiker mit dem sanften Blick eines unglücklich Verliebten. Er wählte die Routen nach seinem Gutdünken, ohne sich den Kopf über den kürzesten Weg zu zerbrechen, was zu Verspätungen bei den meisten Lieferungen führte – die eigentlich ohnehin längst von Lieferwagen und Lastern besorgt wurden. Aber Maurice hatte es nie geschafft, den Führerschein zu machen, was dem Wohl der Allgemeinheit zugutekam. Deshalb vertraute man ihm die Lieferung wertloser und vor allem nicht eiliger Waren an, um ihn zu beschäftigen. Man sah den Karren vorbeifahren, auf dem Kutschbock meinen schlafenden Großvater Maurice, dessen Kopf im Rhythmus des rumpelnden Gefährts hin und her schaukelte. Nicht selten sah man das Gespann am Rand einer Böschung stehen, während mein Großvater seinen Rausch ausschlief und Bimbin sich melancholisch mit Disteln vollstopfte.

Maurice war von morgens bis abends sternhagelvoll. Wenn er nicht gerade schlief, machte der Alkohol ihn gesprächig. Er schwang am Tresen des Cafés *Zum fröhlichen Boule-Spieler* hochphilosophische Reden, und zurück zu Hause quatschte er sein Glas, seinen Stuhl, Schranktüren und Wandvorsprünge voll, an denen er sich regelmäßig den Kopf aufschlug und blaue Flecken holte. Er gab ihnen Kosenamen wie *gottverdammter Schrank, Scheißtür.* Aber sein Ton war dabei freundschaftlich und fatalistisch. *Gottverdammter Schrank, du willst wohl meinen Tod, wie?* Und wenn er sich am Tisch stieß oder über den Teppich stolperte, beklagte er sich wie ein Kind: *Hör doch auf, du tust mir weh!*

Er saß oft bis zum Morgen allein in der Küche und versteifte sich darauf, die Gültigkeit gewisser Redensarten nachzuprüfen wie etwa: »Bier auf Wein, das lass sein. Wein auf Bier, das rat ich dir.« Ohne irgendetwas daraus zu lernen.

Aber er mochte noch so viel trinken, um zu vergessen, nichts konnte den Familienfluch und das, was ihn an seinem sechsunddreißigsten Geburtstag erwartete, aus seinem Gedächtnis vertreiben.

Am Abend vor dem verhängnisvollen Tag erklärte er Marthe, meiner Großmutter: »Ich 'abe ... viel ... hicks ... nach'edacht!«

Er sagte das in energischem Ton, wenn auch leicht lallend, denn er war blau wie ein Veilchen.

»Ich 'abe viel ... nach'edacht«, wiederholte er und hielt sich am Türrahmen fest. »Die an'neren, die sind alle ... drinnen ... gestorben ... Aber ich ... werd mich nich' reinlegen lassen!«

»Was sagst du, mein Liebling? Komm und setz dich, die Suppe steht auf dem Tisch.«

»Ich 'ab 'esagt ...«, fuhr er fort und wankte durch die Küche bis zum Tisch, »ich 'ab 'esagt, die Männer in meiner Familie sind ALLE ... DRINNEN gestorben!«

Er hatte das Wort »drinnen« betont, denn das war wichtig.

Mein Vater, zehn Jahre alt, aß seine Suppe und las dabei in seiner Kinderenzyklopädie. Seine große Schwester Victoria, die zwölf Jahre älter war als er, arbeitete als Sekretärin in der Stadt.

Maurice ließ sich auf seinen Stuhl fallen.

»Aber ich bin … schlau … Hörss'u, Maury? Hör doch ma auf … zu lesen … Du verdirbss'ir noch die Augen …«

Mein Vater, der an die Exzesse seines Vaters gewöhnt war, las weiter.

Maurice hielt sich darüber jedoch nicht auf, er war vollauf damit beschäftigt, seine Argumentation zu Ende zu bringen.

»Aber ich bin schlauer als die an'neren … und deshalb … werd ich einfach … DRAUSSEN bleiben!«

Zum Abschluss seiner wirren Rede haute er mit der flachen Hand auf den Rand seines Tellers. Marthe wischte sanftmütig Tisch und Boden sauber.

Am nächsten Morgen gegen zehn war Maurice wie angekündigt mit Bimbin losgezogen und hatte seine Frau in Tränen aufgelöst zurückgelassen, denn sie wusste ja, dass sie ihn wohl nicht mehr lebend wiedersehen würde. »Vertrauss'u mir nicht? Wer iss … der Sch-schlaueste von allen?«

»Das bist du, mein armer Liebling«, hatte meine Großmutter geschluchzt und sich mit dem Schürzenzipfel die Augen getrocknet.

»Genau so … isses!«

Und dann war Maurice losgezogen, um den Tod auszutricksen, nachdem er seinen Sohnemann noch einmal umarmt und ihm gesagt hatte: »Ich bin der Sch-schlaueste … von allen! Vergiss das … nie!«

Maurice hatte einen Plan ausgeheckt, den er in seinem vernebelten Hirn für listig hielt: Er bräuchte sich nur an einem menschenleeren, übersichtlichen Ort im Freien aufzuhalten, dann könnte ihm nichts passieren. Er wäre sicher vor unheilvollen Bidets, Explosionen und allen anderen Missgeschicken, die seinen Vorfahren zum Verhängnis geworden waren (versehentliches Erhängen, zufälliges Aufgespießtwerden, unvorhersehbare Stürze, diverse Arten des Zermalmt- oder Zerquetschtwerdens ...).

Von seiner Theorie felsenfest überzeugt, hatte Maurice Bimbin auf ein großes, brachliegendes Feld etwas außerhalb des Dorfes geführt – ausnahmsweise führte er den Esel und nicht umgekehrt.

Da würden sie alle drei bleiben, sein Karren, sein Esel und er, bis die schicksalhafte Stunde vorbei wäre, und dann wäre er wahrhaftig gerettet und könnte dies in der Dorfkneipe gebührend begießen.

Es war Juli, die Luft war heiß und schwül, dicke schwarze Wolken zogen auf wie eine bedrohliche Horde. Um zehn Uhr dreißig fielen erste Regentropfen. Es donnerte etwas, und in der Ferne blitzte es. Ein Gewitter nahte.

Um zehn Uhr fünfunddreißig kam starker, böiger Wind auf und rüttelte so heftig an dem Karren, dass es ihn fast umwarf. Bimbin spitzte die Ohren.

Um zehn Uhr zweiundvierzig zerriss ein Blitz den Himmel, dann ein zweiter. Dann regnete es in Strömen. Bimbin schaute besorgt unter seinen zu langen Stirnfransen hervor und streckte prüfend die Nase in die Luft. Schließlich beschloss er, dass das kein Wetter war, bei dem ein Esel draußen sein sollte, und machte zwei, drei Schritte nach vorn.

»He, Bimbin! Was soll das?«, schrie Maurice. »Bleib stehen!«

Doch Bimbin war stur wie ein Esel und hörte nicht. Er ging langsam weiter in Richtung Straße. Mein Großvater schlug mit der langen Lederpeitsche, die er sonst nie benutzte, auf ihn ein. Beleidigt setzte Bimbin sich in Trab.

»Bleib stehen, verdammter ... Esel! Bleib sofort stehen, hörst du? Wirst du wohl ... stehenbleiben, Himmeldonnerwetter!«, brüllte mein Großvater wütend.

Er wollte von dem fahrenden Karren springen, doch das war keine gute Idee: Er fiel der Länge nach in den Matsch. Bimbin hatte einen guten Kern: Auch wenn sein Chef ihm allmählich ernsthaft auf den Senkel ging, blieb er ein paar Meter weiter stehen. Mein Großvater kroch auf allen vieren durch den Schlamm und suchte nach seiner Brille. Der Wind entwickelte sich zum Tornado und der Regen zur Sintflut.

»BIMBIN, BEI FUSS!«, brüllte mein Großvater, vor Wut außer sich.

Der brave Bimbin kam zu ihm zurück, wenn auch ohne große Begeisterung. Doch dummerweise brachte er eines der Räder auf Maurice' Bein zum Stehen. Das war nicht weiter schlimm, der Karren war leer und die Erde weich. Aber mein Großvater war so blau, dass er es nicht schaffte, sich zu befreien. Und genau in dem Moment ging eine Reihe von Blitzen nieder, als habe der Weltuntergang eingesetzt. Ein Blitz schlug in eine Eiche am Wegrand ein. Maurice mochte Bimbin noch so sehr anbrüllen, er solle vorwärts, rückwärts, nach rechts, nach links oder sogar zum Teufel gehen, Bimbin war ein Esel, und er rührte sich nicht vom Fleck. Da schlug ein letzter Blitz ein, direkt in meinen Großvater.

Der Knall war bis ins Dorf zu hören. Es war elf Uhr vormittags.

Man sah Bimbin mit entkrausten Stirnfransen und angesengter Kruppe in leichtem Trab zurückkommen. Es wurden Suchtrupps losgeschickt. Auf dem brachliegenden Feld fand man schließlich den rauchenden Karren und daneben meinen Großvater, gegrillt wie ein Hähnchen.

Paquita und Nassardine hörten mir zu; sie saßen nebeneinander auf dem Sofa und griffen mechanisch in die Chipsschale. Paquita stieß hin und wieder einen Seufzer aus oder knabberte an ihrem rechten Daumennagel. Nassardine nickte langsam, wie er es oft tut, um Interesse, Überraschung oder Missbilligung kundzutun.

Jetzt gerade schauen sie mich besorgt an. Ich weiß gar nicht, warum.

Meine Kindheit war voll von all diesen Erzählungen und anderen, noch älteren, die die vergehende Zeit mit Ausschmückungen, Ungewissheiten und Unschärfen angereichert hatte. Bis zum Tod meines Vaters – und sogar etwas darüber hinaus, ehrlich gesagt –, fühlte ich mich als Erbe eines bemerkenswerten Schicksals. Ich ging erhobenen Kopfes und sicheren Schritts durchs Leben. Ich brauchte eine ganze Weile, um zu begreifen, dass ich selbst eines gar nicht so fernen Tages zum Helden einer Episode dieses verhängnisvollen Fortsetzungsromans werden würde. Danach fand ich es weniger komisch. Aber mit knapp zwölf Jahren war ich stolz, ein Decime zu sein. Ich mochte meinen Nachnamen sehr, ich fand ihn originell.

Mein Vater sah die Dinge etwas anders. Er sah sie aus größerer Nähe, muss man sagen. Er war ein wortkarger Mann, der ohne Begeisterung hinter der Kasse eines kleinen Lebensmittelladens stand, der ihm nicht gehörte. Darin war er dem mangelnden Ehrgeiz der Männer in unserer Familie treu geblieben, die sich alle mit bescheidenen Existenzen begnügt hatten, ohne große Träume oder Wünsche. Als hätte ihnen die Aussicht auf ihr frühes Ende die Flügel gestutzt. Ich fand es bescheuert, sein Leben nur deshalb zu vergeuden, weil es eines Tages enden wird. Das kam mir genauso lächerlich vor, wie sein Eis nicht zu essen, weil es schmelzen wird, oder nicht ins Schwimmbad zu gehen, weil sechs Monate später der Winter kam. Ich übte mich im »Hier und Jetzt«, ohne mir das als Verdienst anrechnen zu wollen, denn in den Tag hineinzuleben ist für Kinder das Natürlichste auf der Welt. Kompliziert wird es erst später.

Dabei war ich dank Bubulle, meinem Goldfisch, schon früh mit dem Tod konfrontiert worden. Ich muss etwa vier oder fünf Jahre alt gewesen sein, als ich ihn eines Morgens reglos mit dem Bauch nach oben an der Wasseroberfläche seines Glases fand. Ich versuchte zwar, ihn mit einem Strohhalm künstlich zu beatmen, aber vergeblich.

Bubulle war kaputt.

Ich brachte ihn zu meinem Vater, überzeugt, dass er ihn wieder zum Laufen bringen könnte, denn er konnte fast alles reparieren. Mein Vater betrachtete ihn jedoch mit trübem Blick und sagte schließlich: »Dein Fisch ist tot.«

Ich fragte: »Wird das lange so bleiben?«

Und er antwortete: »Das bleibt für immer so.«

Dann warf er ihn ins Klo – angeblich würde er so ins Meer zurückkehren.

Ich schaute zu, wie Bubulle im Strudel der Spülung verschwand.

Das war also Sterben: etwas Endgültiges und ziemlich Blödes.

Und der Clou der Vorstellung ...

Etwa das Gleiche habe ich an dem Tag empfunden, als mein Vater starb. Dieses Jähe, Endgültige an der Sache, ein Schlusspunkt ohne jeden Verhandlungsspielraum. Ganz abgesehen von dem Schuldgefühl, denn ich konnte nicht umhin, mich etwas verantwortlich zu fühlen, auch wenn das schwarz umrandete Datum auf dem Postkalender hätte ausreichen müssen, um mich an die unerbittliche Verfügung des Schicksals zu erinnern.

Dabei hatte der Tag gut angefangen: Ich hatte es geschafft, das Geschenk meines Vaters ganz alleine einzupacken, mit Geschenkpapier, das vom letzten Weihnachtsfest übrig war. Ich hatte eine gute Stunde dafür gebraucht, und über die Hälfte der Klebebandrolle.

Mein Vater schien guter Laune zu sein. Inzwischen verstehe ich, dass das etwas gezwungen gewesen sein muss, dass er versuchte, gute Miene zum bösen Spiel zu machen, und dass es mir eigentlich hätte auffallen können: Er hatte zwei-, dreimal gelacht, was sonst nie vorkam.

Gegen zehn Uhr dreißig ging mein Vater zum Bäcker, um den Geburtstagskuchen zu kaufen, den er nicht essen würde, aber wir waren immer noch vom Gegenteil überzeugt. Ich jedenfalls.

Um zehn Uhr fünfundvierzig kam er mit einer prächtigen Cremetorte und einer Handvoll Luftballons zurück, die der Bäcker ihm »für die kleine Feier« mitgegeben hatte. Klein war sie tatsächlich: Es waren nur mein Vater und ich da.

Da ich mir nicht so leicht die Stimmung verderben ließ, schlug ich meinem Vater einen Wettkampf vor: Wir würden die Luftballons aufteilen, und der, der seine als Erster alle aufgeblasen hätte, würde gewinnen. Was der Preis sein sollte, hatte ich nicht näher bestimmt.

Mein Vater nahm die Herausforderung siegesgewiss an. Sein Gesicht verschwand schon hinter seinem letzten, prall aufgeblasenen Luftballon, als ich diesen – einfach zum Spaß – mit einer Stecknadel anstach. Er platzte mit einem lauten Knall. Mein Vater schaute überrascht drein, griff sich mit der Hand ans Herz und fiel um, mit dem Gesicht auf den Boden, wobei er den Kuchen und sein schönes, frisch ausgepacktes Geschenk mit hinunterriss.

Ich erinnere mich, dass ich ein paar Minuten lang dastand, ohne recht zu wissen, was ich tun sollte, und dabei ohne rechten Appetit von dem naschte, was von der Cremetorte übrig geblieben war, als eine Art letzte Hommage an meinen verblichenen Vater: Wenigstens würdigte ich seinen Geburtstagskuchen.

Ich sitze bequem in einem Sessel, pfeife fröhlich vor mich hin und betrachte meine Socken.

Ich liebe diese Socken.

Nassardine haut uns ein paar Eier in die Pfanne und wärmt eine Dose Gemüse auf, während Paquita den Tisch deckt. Ich spüre, wie ihre Blicke sich über meinen Kopf hinweg begegnen.

»Fertig!«, sagt Nassardine.

Er winkt mich zu Tisch, lässt zwei aufgeplatzte, zu lang gebratene Spiegeleier auf meinen Teller rutschen und übergießt sie mit Ratatouille. Er setzt sich, Paquita auch, dann herrscht erst mal Schweigen.

Ich sage schließlich: »Es geht mir gut. Wirklich.«

Paquita nickt und pflichtet mir etwas zu nachdrücklich bei: »Aber natürlich, Schätzchen! Natürlich geht es dir gut! Stimmt doch, Nassar, dass es ihm gut geht?«

Nassardine schaut mir mit seinem dunklen Blick tief in die Augen.

Ich weiß nicht, was er darin sieht, aber schließlich fragt er: »Und jetzt? Was wirst du jetzt tun?«

Ich lächle, zucke mit den Schultern und will die Frage schon mit einer sorglosen Geste wegwischen, so wie man sich einen Brotkrümel vom Sakkorevers wischt, als mir plötzlich klar wird, dass ich tatsächlich keine – aber wirklich *gar* keine – Ahnung habe, was ich jetzt tun werde.

Nassardine fragt sanft: »Hattest du darüber noch nicht nachgedacht?«

Ich hatte ganz im Gegenteil über nichts anderes nachgedacht, seit ich alt genug zum Denken war. Aber ich hatte nicht in Betracht gezogen, dass die Dinge *so* laufen könnten.

Es ist neunzehn Uhr achtundfünfzig, ich sollte seit fast neun Stunden tot sein. Ich sollte mich also nicht fragen müssen, wo ich wohnen werde (der Makler hat für meine Wohnung schon einen Nachmieter) oder wie ich meine nächsten Rechnungen bezahlen soll (da ich ja gekündigt habe) oder wie ich künftig von A nach B komme (ich habe mein Auto verkauft, zu billig übrigens, ich habe mich über den Tisch ziehen lassen).

Ich fühle mich wie ein Sportler, der endlich die Glanzleistung seines Lebens vollbracht hat, aber für danach absolut nichts vorgesehen hat. Man steht vor einem bodenlosen Abgrund.

Paquita streicht mir über den Rücken und meint: »Na, ist doch nicht so schlimm! Stimmt's? Du freust dich doch, oder?«

Ich schaue sie verständnislos an.

»Worüber?«

»Dass du am Leben bist. Darüber freust du dich doch?«

Ich möchte ihr mit Ja antworten, aber da geht es wieder los: Ich fange an zu heulen, die Tränen fließen in Strömen, es hört gar nicht mehr auf.

»Wie wär's mit einem Käffchen?«, schlägt Nassardine vor. »Meinst du nicht, dass sein Tag schon hart genug war?«, antwortet ihm Paquita.

Da packt mich ein weiterer Lachanfall.

Nassardine unterdrückt ein Gähnen. Paquita ist schon ins Bett gegangen. Sie ist getaktet wie ein Huhn, bei Sonnenuntergang kriecht sie in die Federn.

Schon seit einer Weile zögere ich den Moment hinaus, nach Hause zu gehen. Die Vorstellung, mich in mein Totenbett schlafen zu legen, lähmt mich.

Als habe er meine Gedanken gelesen, sagt Nassardine: »Du kannst heute Nacht hierbleiben, wenn du willst.«

»Das ist nett, aber ich möchte nicht stören …«

»Du störst nicht, das weißt du doch. Und morgen ist Sonntag, da stehen wir später auf. Du kannst dich aufs Sofa legen, es ist ganz bequem. Sonst haben wir auch ein Klappbett, ich hole es dir.«

Ich winke ab. Das Sofa ist für mich völlig in Ordnung, und ich bin erleichtert, dass ich bleiben kann. Es ist ein bisschen lächerlich, ich weiß, aber ich nehme es als eine Gnadenfrist. Denn so sehr ich mich auch bemühen mag, ich kann mir nicht vorstellen, was morgen sein wird. Genauso wenig wie an den folgenden Tagen. Mein Kopf fühlt sich an wie ein Gefäß mit einer stehenden Flüssigkeit, auf deren Grund schlaffe Gedanken herumwabern.

Nassardine sitzt im Schneidersitz auf einem Puff und saugt langsam am Mundstück seiner Shisha, die melodisch vor sich hin gluckert. Er sieht aus wie ein guter Geist aus einem orientalischen Märchen.

Gleich wird er mir sagen, ich hätte drei Wünsche frei.

Er zeigt auf die Shisha.

»Bist du sicher, mein Sohn? Wirklich nicht?«

Ich schüttele den Kopf. Ich rauche nicht gern, auch wenn ich den Geruch mag.

Nassardine nimmt einen Zug, bläst den Rauch aus und fragt: »Wie lange kennen wir dich jetzt schon? Achtzehn Jahre?«

»Fast zwanzig.«

Er nimmt noch einen Zug und behält den Rauch eine Weile in der Lunge, die Augen halb geschlossen. Er wiederholt: »Zwanzig Jahre …!«

Er nickt.

»Wir kennen dich seit zwanzig Jahren und kannten dich doch nicht.«

Das ist kein Vorwurf, nur eine Feststellung.

»Ich konnte euch das nicht sagen, Nassardine.«

»Ich weiß, mein Sohn, ich weiß.«

»Ich habe nie mit irgendjemandem darüber geredet. Nie.«

Nassardine stopft die Shisha neu und sagt: »Du musst dich sehr allein gefühlt haben.«

Er hat recht, wie immer.

Ich nehme mir einen der wunderbaren, nach Orangenblüten duftenden Krapfen von dem Tablett, das Paquita vor uns hingestellt hat, bevor sie schlafen ging.

Für diese Krapfen könnte ich töten. Ich kaue ganz langsam, lasse mir alle Zeit der Welt. Nassardine wartet geduldig. Er weiß, dass ich ihm alles erzählen werde.

Ich nehme mir noch einen Krapfen, um mir Mut zu machen, trinke einen Schluck Tee – ich habe es geschafft, den Kaffee abzuwenden – und erzähle ihm dann nach und nach alle Dummheiten, die ich als Jugendlicher gemacht habe, um das Schicksal herauszufordern. (Außer der Geschichte mit der Mund-zu-Mund-Beatmung durch den Bademeister. Ich habe schließlich meinen Stolz.)

»Meine Kumpels dachten, ich wäre mutig … Aber ich hätte mein Leben zehnmal am Tag riskieren können, ich wäre trotzdem nicht gestorben. Verstehst du jetzt, warum?«

»Vor der Zeit ist es nicht Zeit.«

»Nach der Zeit anscheinend auch nicht …«

Nassardine lächelt.

»Waren es denn wirklich so viele Dummheiten?«

»Das kannst du dir gar nicht vorstellen …!«

Ein richtiger Idiot war ich. Einer dieser Draufgänger, die allen auf den Senkel gehen, weil sie sich etwas darauf einbilden, jede Herausforderung anzunehmen, während ihre Eltern sich vor Sorge verzehren. Ein Typ von der Sorte, die ich nicht leiden kann, die ich nicht mehr bewundere. Am Ende meines Lebens angelangt – wobei das ja nun doch nicht der Fall zu sein scheint, aber ich will mich nicht zu früh freuen –, hat sich mein Standpunkt gewandelt. Die echten, die einzigen Heldentaten sind die, die am Ende allen nützen. Ich würde hundert von diesen Typen, die nur auf Extreme aus sind, gegen einen Forschungsreisenden wie Roald Amundsen eintauschen. Mit seinem Leben zu spielen ist ein schweres Vergehen gegen die Harmonie der Welt. Das Leben ist ein viel zu kostbares Gut – das denke ich heute.

Als ich noch zur Schule ging, da war es mir scheißegal, ob ich meine Mutter zum Weinen brachte, ich hatte sie ja nicht mehr gesehen, seit ich zwei war. Mein Vater war nicht mehr da, und auch wenn ich mich noch so sehr anstrengte, meiner Tante gegenüber empfand ich, egoistisch, wie Kinder es eben sind, nur einen dunklen Groll: Sie hatte mich aus Pflichtgefühl aufgenommen, niemand hatte sie dazu gezwungen, also war das ihr Problem, Pech für sie, ich war ihr nichts schuldig. Man hielt mich für einen hartgesottenen Burschen, aber ich war nur ein Hochstapler. Ich schlug eine Menge Schaum. Ich klang hohl wie ein Gong, wie ein leerer Raum: Da hallt das Rollen einer Murmel mit tausendfachem Echo wider.

»Wenn ich das alles gewusst hätte, hättest du es mit mir zu tun bekommen! Das kannst du mir glauben!«, meint Nassardine mit grimmiger Miene.

Ich lache.

»He, ist ja gut! Das ist alles verjährt!«

Nassardine entspannt sich, lacht, zwinkert mir zu.

»Im Grunde gefiel es dir, den Helden zu spielen …«

Nicht mal das. Sich mit Ruhm zu schmücken, den man nicht verdient hat, ist genauso wenig befriedigend, wie mit einem Spickzettel eine Eins zu schreiben.

Man kann vielleicht die ganze Welt blenden, aber nicht sich selbst.

Paquita und Pitipo

Nassardine und Paquita habe ich kennengelernt, als ich aufs Lycée Mistral wechselte. Ich kam von einer anderen Schule, die mich nicht länger hatte behalten wollen.

Mit über siebzehn wiederholte ich die elfte Klasse, was jedoch nicht hieß, dass ich tatsächlich auch den Stoff wiederholte. Ich lief herum wie ein Hippie, nur um die ganzen Punks und Grufties zu nerven, die in den Gängen der Schule blühten wie Pickel auf den Wangen eines pubertierenden Jünglings. Ich hatte mehr Dreadlocks, als ein Wischmopp Fransen hat. Ich stopfte mich nach der Schule mit McDonald's-Menüs und Crêpes voll, ohne mich um meinen Cholesterinspiegel zu scheren, da ich ja aus sicherer Quelle wusste, dass ich nicht lang genug leben würde, um mit Arterienverkalkung bezahlen zu müssen. Und meine Hygiene glich der eines Eskimos, ohne dass das Klima als Entschuldigung hätte herhalten können.

Ich lebte mit meiner Tante in einer Wohnung in der Cité Ronsard, in der es so fröhlich zuging wie auf einem Polizeirevier um drei Uhr morgens. Ich hörte Queen, Michael Jackson, Blur und Bruce Springsteen. Im Kino schaute ich mir *Die üblichen Verdächtigen, Braveheart, Frankenstein, Kleine Morde unter Freunden* genauso an wie *Batman Forever* oder *Stargate*. Ich las *Herr der Ringe, Thorgal* und Reiseführer, die Nassardine mir auslieh. So oft wie möglich schlich ich mich nachts aus der Wohnung, wenn meine Tante im Schlaftablettenrausch in ihrem Zimmer dahindämmerte.

Ich unternahm nächtliche Spritztouren auf meiner alten blau-weißen Yamaha Chappy. Ich hatte das Mokick »Chapo« getauft, nach der Kinderserie *Chapi Chapo*, weil ich das für originell hielt. »Chapi Chapo Pitipo«, die Titelmusik, war mein Schlachtruf. Pitipo, das war ich, der kleine Dicke, der gegen die Fahrtrichtung durch die schmalen Einbahnstraßen des Viertels raste, natürlich ohne Licht, und sich dabei wie ein Krieger vorkam.

Paquita war noch immer die aufsehenerregende, sinnliche Schönheit, der Nassardine auf dem Jahrmarkt erlegen war. Sie war siebenunddreißig und eine Wucht.

Das erste Mal kam ich zu ihrem Wagen und kaufte eine Crêpe, um mir, wie alle anderen Jungen des Lycées, ihre Brüste aus der Nähe anzuschauen.

Ich weiß nicht, ob Nassardine sich täuschen ließ. Ich glaube, ihm war klar, dass seine Frau eine Anziehungskraft auf uns ausübte wie ein Magnet auf Eisenspäne. Aber eine Blume anzuschauen heißt ja nicht, sie zu pflücken.

Und ein Kunde ist ein Kunde.

Meine Kumpels machten einen auf Macho. Wenn sie von Paquita redeten, nannten sie sie »die Schabracke« oder »die Schlunze«, aber ich bin mir sicher, dass die meisten von ihnen abends im Bett von ihr träumten. Ich fand sie tausendmal aufregender als die Mädchen in meinem Alter, diese kleinen Biester, die zuerst auf meine Speckfalten am Bauch linsten, bevor sie mir in die Augen sahen. Paquita war meine Brigitte Bardot, meine Bo Derek, meine Emma Frost, ich war total in sie verknallt. Es war natürlich vollkommen aussichtslos, und das fand ich sehr beruhigend. Auch wenn mein Blick auf sie sich inzwischen geändert hat, denke ich gerne an die Phantasien zurück, zu denen sie mich inspirierte.

Sie wird nie davon erfahren, ich würde mich nie trauen, ihr davon zu erzählen, aber für mich ist sie wie eine alte Geliebte, die ich einmal leidenschaftlich geliebt habe, aber ohne dass wir uns je etwas vorgeworfen hätten, ohne jegliche Streitigkeiten und Verbitterung über das Vergangene.

Ich gewöhnte mir an, ab und zu nach dem Unterricht bei Nassardine und Paquita vorbeizugehen. Ich duzte die beiden. Das hatte sich ganz von allein so ergeben. Ich glaube, ich sah sie als eine Art Ersatzeltern, als meine Teilzeitfamilie. Sie waren, abgesehen von meiner Tante und den Lehrern, die einzigen Erwachsenen, die ich kannte. Wohlmeinende, immer gutgelaunte Erwachsene – das gab es also. Die Erfahrung hatte ich vorher noch nicht gemacht.

Ich mochte es nicht, wenn meine Kumpels mitkamen und sich an die Theke hängten oder die Stühle besetzten. Wenn sie das taten, ging ich sofort wieder. Paquita und Nassardine länger als fünf Minuten mit anderen zu teilen, war mir unerträglich. Ich ließ mir das nie anmerken, aber ich wollte sie für mich allein haben und war eifersüchtig.

Ich mochte auch das anzügliche Lachen einiger Dödel aus meiner Klasse nicht, wenn sie Paquita anstierten und sich mit den Ellenbogen anstießen. Ich hasste ihre begierigen Blicke. Aber wenn ich auch wagemutig genug war, alle möglichen Dummheiten zu machen, prügelte ich mich doch nicht gern. Ich nahm es Nassardine übel, dass er ihnen nicht ein paar hinter die Löffel gab, und Paquita, dass sie sie nicht zum Teufel jagte. Ich fand ihn zu sanftmütig und sie zu nett. Es war, als würden sie nichts hören, nichts merken. Irgendwann kapierte ich aber, dass Nassar und Paquita weder taub noch dumm waren. Sie nahmen es einfach mit philosophischem Gleichmut. Engstirnigkeit und gewöhnliche Dummheit hatten sie in ihren eigenen Familien zur Genüge kennengelernt. Sie wussten seit langem, wohin das führen kann.

Eines Tages kamen drei Deppen, die zusammen kaum den IQ eines Puters aufbrachten, um sich Crêpes zu kaufen und dabei Paquita aufzuziehen. Einer von ihnen trieb es etwas zu weit. Er vergaß, dass Nassardine vorne im Wagen saß und las, und machte einen anzüglichen Witz über Paquitas Dekolleté, um die anderen zum Lachen zu bringen, während sie sich um ihre Bestellung kümmerte. Sie tat, als wäre nichts, aber ich spürte doch, dass sie gekränkt war. Nassar schaute den Typen durchs Fenster an. Er faltete bedächtig seine Zeitung zusammen. Dann stieg er aus und ging direkt auf den Witzbold zu, der einen Kopf größer war als er. In fast freundlichem Ton sagte er zu ihm: »Könntest du wiederholen, was du gerade über meine Frau gesagt hast?«

Auf eine ruhige, irgendwie gefährliche Art hatte er die Worte »meine Frau« ganz leicht betont. Der Typ ließ den Macker raushängen und war so blöd, seinen Witz tatsächlich zu wiederholen. Da verpasste ihm Nassardine eine Ohrfeige, die sich gewaschen hatte, zielgenau und nach allen Regeln der Kunst, schwungvoll und mit flacher Hand. Der Typ flog gegen die Tür des Lieferwagens. Er blieb benommen liegen und hielt sich die Backe. Seine beiden Kumpels wollten ihm zu Hilfe kommen. Nassardine musterte sie kalt. Er war allein gegen drei, aber man spürte, dass er vor nichts Angst und jede Menge weitere Ohrfeigen auf Lager hatte. Das ging eine gute Minute so. Dann knurrte einer der beiden: »Verziehen wir uns, der Typ ist ein Arschloch!«

Der kleine Schwachkopf saß immer noch mit hochrotem Kopf zwischen dem Lieferwagen und Nassar fest, der nicht gewillt schien, ihn laufenzulassen, und quiekte jämmerlich: »Ich sag's meinem Vater!«

»Was willst du ihm sagen? Dass du meine Frau beleidigst oder dass du ein Schisser bist?«, fragte Nassardine sehr ruhig.

Dann fügte er mit der gleichen gelassenen Stimme noch hinzu: »Du kannst gehen, wenn du dich entschuldigt hast. Keine Sorge, ich habe alle Zeit der Welt.«

Nassardine ließ ihn seine Entschuldigung zweimal wiederholen, laut und deutlich. Dann ließ er die drei laufen, und während er ihnen nachschaute, sagte er zu mir: »Da siehst du's, mein Sohn, die Medizin mag zwar jeden Tag neue Fortschritte machen, aber gegen Blödheit hat sie noch kein Mittel gefunden. Wenn man sieht, wie viele Leute davon betroffen sind, würde es sich doch lohnen, dafür ein paar Forschungsgelder lockerzumachen.«

Auch wenn man mit siebzehn vieles auf die leichte Schulter nimmt, braucht man doch Ziele, und ich hatte keine. Ich drehte mich in meinem Goldfischglas im Kreis, wie mein armer Bubulle selig. Mein Leben bei gefährlichen Stunts zu riskieren, interessierte mich nicht mehr so sehr – das brachte mir ohnehin nichts außer blauen Flecken und Beulen und etwas Respekt seitens meiner Kumpels. Nichts wirklich Erhebendes, meine ich, denn das Einzige, was ich mir von meinen bekloppten Mutproben erhoffte, war, den Mädchen zu gefallen. Aber in dem Bereich hatte ich trotz aller Bemühungen seit zwei Jahren kein Glück gehabt. Mein Äußeres war an meiner prächtigen Sammlung von Körben wahrscheinlich nicht unbeteiligt.

Wie auch immer, ich war völlig orientierungslos, ich fühlte mich dem Schicksal eines Fantasy-Comic-Helden ausgeliefert, steckte im Körper eines dicken Babys fest mit der Andeutung eines Oberlippenbarts und massiven Stimmungsschwankungen aufgrund eines ansteigenden Testosteronspiegels, den ich nicht kanalisieren konnte. Paquita muss wohl verstanden haben, dass es mir nicht besonderst gut ging. Sie nahm mich unter ihre Fittiche, um nicht zu sagen unter ihre Achseln, denn sie hatte die missliche Angewohnheit, mich an sich zu drücken – *Komm her, mein dicker Hase* – und mich ohne jeden Hintergedanken abzuküssen, was mir sehr peinlich war, auch wenn ich es liebte.

Ich kam inzwischen jeden Tag zum Lieferwagen.

Paquita improvisierte von morgens bis abends kleine erotische Choreographien, irgendwo zwischen Hula und Bauchtanz, während sie die neuesten Radiohits mitsang. Ich biss mir von innen auf die Wangen, um mir meine Regungen angesichts ihrer schwingenden Hüften nicht anmerken zu lassen, denn im Gegensatz zu ihr war ich nicht mehr ganz unschuldig.

Nassar arbeitete damals im Akkord. Er stand im Morgengrauen auf, um so früh wie möglich mit seinem ersten Job fertig zu werden. Dann zog er sich um, ließ seinen Blaumann hinten im Lieferwagen und ging mit dem Einkaufskorb am Arm los, um die Zutaten für die Tagesproduktion zu holen. Danach setzte er sich neben seine Paquita auf einen Hocker und trug die Ausgaben in ein Schulheft ein. Oder er setzte sich auf den Vordersitz und las, zu den Klängen von Slimane Azem, der *Algerien, mein schönes Land* auf Kabylisch sang, denn diese Sprache beherrschte er fließend.

… Nitni ttrun ma d nek h'eznegh
Mi d-nemsefr'aq ddjigh-ten din
Amzun d lmut ay mmutegh
Mi yi-d-err' leb'her akkin

Ich sehe mein Dorf vor mir
Und all meine Lieben
Diese Landschaft ist mir
Die liebste auf der Welt …

Ab und zu stand Nassardine auf, um seine Paquita in die Arme zu nehmen, oder sie beugte sich hinüber, um ihm einen verliebten Kuss zu geben, der ihn mit Lippenstift verschmiert zurückließ. Ich habe sie in zwanzig Jahren kein einziges Mal streiten sehen.

Kaum war der Unterricht zu Ende, kam ich zu ihnen herüber und warf meine Tasche unter meine Yamaha Chappy, die ich immer neben dem Crêpe-Wagen parkte. Dann stellte ich mich an die Theke, wo ich eine Stunde reglos verharren und mit einem seligen Lächeln in die Luft schauen konnte, berauscht von den Düften nach geschmolzener Butter und heißer Schokolade. Ich hatte weniger Energie als eine Boa in der Verdauungsphase.

Paquita traktierte mich mit mütterlichen Fragen: *Wie war's in der Schule? Hast du Arbeiten zurückbekommen? Hast du Hausaufgaben auf?* Ich erfand mir Einsen und Zweien und jede Menge Lob, dann war sie beruhigt und ließ mich in Frieden.

Sie erzählte mir ihr Leben, sie lachte dauernd, das war etwas ganz anderes als das Schweigen und Jammern meiner Tante, die nie zufrieden, nie glücklich war.

Ich bestellte eine Crêpe mit Nutella und Schlagsahne, Paquita machte mir gleich zwei, ohne Rücksicht auf meine Rettungsringe, die sie »Hüftgold« nannte. Ich protestierte schwach, doch sie stopfte mir buchstäblich das Maul: *In deinem Alter muss man essen!*

Nassardine und ich redeten nicht viel, aber ich fühlte mich ihm näher, als ich mich meinem Vater in zwölf Jahren je gefühlt hatte.

Er brachte mir bei, auf Arabisch zu zählen – *wahid, ithnen, thalatha, arba'a …* –, und lieh mir seine Reiseführer.

»Verstehst du, euer Crêpe-Wagen war für mich der einzige Ort auf der Welt, wo mir nichts Schlimmes passieren konnte, wo ich den Countdown vergaß.«

Nassardine putzt sich die Nase. Er wischt sich eine Träne ab.

Er meint: »Das ist dieser neue Tabak … Ich weiß nicht, was sie da reintun, ich bin darauf allergisch.«

Nassardine sprach nicht oft von sich. Nicht, weil er schüchtern gewesen wäre, sondern weil er nicht eine Sekunde lang dachte, dass jemand sich für ihn interessieren könnte.

Aber ich fand ihn faszinierend. Er war der erste Ausländer, den ich kennenlernte, der erste, mit dem ich reden konnte. Ich war siebzehn, ich war nie aus Frankreich herausgekommen, nicht einmal aus der Region oder auch nur aus dem Département. Ich wollte alles von ihm wissen, weil er aus einer anderen Welt kam, die von meiner eigenen so weit entfernt war. Ich quetschte ihn aus, ich fragte ihn dumm und dusselig. Er stand mir geduldig Rede und Antwort.

Er war nicht einmal neunzehn gewesen, als er aus Algerien gekommen war, er hatte seine Familie, seine Eltern, seine vier jüngeren Geschwister und die Cousine Dalila, die man ihm für später reserviert hatte, hinter sich gelassen. Er hatte sein Dorf verlassen, die Lehmhäuser und die Ziegenherden. Seine Worte verwandelten sich in Bilder, ich meinte, die flimmernde Wüste vor mir zu sehen, die Weite, ich spürte die Hitze, die trockene Luft, die Sandstürme. Er erzählte von den sintflutartigen Regenfällen, die die Wadis anschwellen lassen, ganze Häuser fortreißen können, und ich fühlte mich von schlammigen Sturzbächen davongetragen. Nassardine fesselte mich. Seine Kindheit war für mich so exotisch, so viel schöner als alles, was ich je erlebt hatte. Ich träumte davon, seine schwarzen Augen zu haben, seine dunkle Haut, und diese Sprache zu sprechen, deren Laute mir so schwer von der Zunge gingen.

Nassar war nach Frankreich gekommen, um Arbeit zu finden. Er hatte seinen alten Koffer abgestellt und nie wieder in die Hand genommen. Aber er hatte die Seele eines Nomaden.

Echte Reisende haben das im Blut. Auch wenn sie irgendwo bleiben, wenn sie nirgends mehr hinfahren, tragen sie in sich immer einen offenen Flugsteig, ein Ticket ins Land der Träume. Alles, was sie haben, passt in zwei Truhen. Nassardine besitzt fast nichts, abgesehen von seiner Sammlung von Reiseführern, die er immer auf dem neuesten Stand hält, ohne sich jedoch von den alten Ausgaben zu trennen.

Mit dreiundzwanzig oder vierundzwanzig hat mir einmal ein Mädchen, das mich wegen meiner Brille und der ungepflegten Dreadlocks fälschlicherweise für einen Dichter hielt, einen Roman geliehen: *Novecento – Die Legende vom Ozeanpianisten* von Alessandro Baricco.

Ich weiß nicht mehr, wie sie aussah, und auch nicht mehr, wie sie hieß, und ich habe es damals nicht mal fertiggebracht, ihre Fehleinschätzung auszunutzen, um sie zu verführen.

Aber das Buch fand ich toll: Die Geschichte eines Pianisten, der die Welt auswendig kannte, ohne das Schiff, auf dem er geboren war, je verlassen zu haben, einfach weil er »Menschen lesen« konnte, die »Zeichen, die sie mit sich herumtragen: Orte, Geräusche, Gerüche, ihr Land, ihre Geschichte …«.

Ich erinnere mich, dass ich an Nassardine dachte, als ich dieses Buch las. Für mich hatte der Pianist sein gelocktes Haar, sein altes Berbergesicht mit dem schlecht rasierten Kinn. Er spielte mit seinen Maurerhänden Klavier, eine Tasse Kaffee neben sich.

Und ich denke an den Tag zurück, an dem Nassardine mir zum ersten Mal vom Reisen erzählt hat. Es war an einem Wintertag, genauso kalt wie heute. Ich zitterte in meiner zu engen Jeansjacke (an mir war immer alles zu eng). Meine Finger waren so eiskalt, dass ich es kaum schaffte, die Münzen für meine Schoko-Crêpe aus der Tasche zu kramen.

Nassardine winkte mich zu sich. Ich schaute ihn verständnislos an.

Da machte er mir hinten die Tür auf und sagte: »Steig ein!«

Ich kam schon seit mehreren Monaten fast jeden Tag, aber er hatte mich noch nie in den Wagen eingeladen. Ich folgte ihm und stieg hinein. Drinnen war es warm, wegen der Herdplatten und der kleinen Heizung, die sie hinten eingebaut hatten.

Diesen Moment werde ich nie vergessen. Der Wagen wirkte von innen viel größer. Ich sah aus der Nähe, was ich schon kannte, die Einbauschränke, den Kühlschrank, die verschiedenen Utensilien. Aber ich entdeckte auch alles, was die Kunden nicht sehen konnten, weil sie eben draußen blieben. Neben der Theke waren Regale, eine Tüte mit sauberen Lappen, ein kleines Spülbecken, Päckchen mit Papierservietten, die Kasse. Über der Theke noch zwei oder drei kleine Regale, genau eingepasst, in denen ungefähr dreißig Reiseführer standen. An der hinteren Tür hingen alte Fotos, schwarz-weiß und ziemlich vergilbt. Ein Mann in einem langen Wollmantel mit einem Esel an der Leine, eine alte Frau mit dunklem, strengem Blick und einem bestickten Kopftuch, das ihr Gesicht einrahmte. Ein junges Mädchen mit schwarzen Augen. Eine ganze Familie, die in strammer Haltung vor einem Lehmhaus posierte. Eine Karte von Algerien. Seitlich neben der Tür eine Shisha, von einem Spanner gehalten. Unter der Theke stand ein dreibeiniger Holzhocker. Und ein zweiter Hocker aus Resopal, darauf ein mit Herzchen bedrucktes rosa Kissen.

Und überall verteilt hingen bunte Plüschtiere, hässlich und rührend.

Paquita spülte Geschirr und sang dabei lauthals im Duett mit Patricia Kaas:

Il me dit que je suis belle
Et qu'il n'attendait que moi
Il me dit que je suis ce-e-elle
Juste faite pour ses bra-as ...

Er sagt mir, ich sei schön,
Er habe nur auf mich gewartet
Er sagt mir, ich sei di-i-ie,
die für seine Arme gemacht sei-ei ...

Ich roch ihr mörderisches Parfüm. Zum Arbeiten hatte sie ihre knallroten Stöckelschuhe mit weißen Pünktchen unter die Theke gestellt und dicke Wollsocken angezogen, die einen gewissen Kontrast zu den Leoparden-Leggings und dem schwarzen Ledermini bildeten.

Nassardine setzte sich. Mit dem Kopf deutete er auf den zweiten Hocker, dann auf Paquita, die gerade eine Schüssel abtrocknete. Er meinte: »Du kannst ihn nehmen, sie will sich nicht setzen. Sie kann einfach keine Pause machen.«

Eingeschüchtert und von der Hitze benommen, gehorchte ich und setzte mich.

Ich war ihnen noch nie so nahe gewesen, rein körperlich gesehen. Die Nähe ließ sie mir zugleich fremd und vertraut werden, ich wusste nicht mehr, wie ich mich verhalten sollte. Ich saß steif da, als hätte ich einen Besenstiel verschluckt, und traute mich nicht, vor ihnen zu essen oder auch nur ein Wort zu sagen.

»Hat es dir die Sprache verschlagen, Schätzchen?«, meinte Paquita schließlich.

Ich räusperte mich, suchte verzweifelt nach Worten und fragte schließlich dumm: »Habt ihr euren Pizza-Wagen schon lange?«

»Bald zwanzig Jahre. Und es ist kein Pizza-Wagen, es ist ein Crêpe-Wagen«, antwortete Nassardine augenzwinkernd und deutete auf die Schokolade, die mir langsam aufs Knie tropfte.

Ich stammelte: »Ja, klar, das wollte ich ja auch sagen! Na ja … Ist doch fast das Gleiche, oder …?«

Paquita prustete los.

»Bäckst du Crêpes vielleicht im Ofen? Da brauchst du mich nicht einzuladen!«

Ich wurde rot wie eine Tomate.

Nassardine wechselte das Thema: »Kennst du Sierra Leone?«

Ich zögerte und meinte: »Ist das der neue Ford?«

Nassardine schüttelte entmutigt den Kopf. Er zeigte auf das Tor der Schule gegenüber und fragte: »Was lernt ihr da drinnen denn bloß?«

Was die anderen anging, keine Ahnung. Ich jedenfalls lernte da nicht besonders viel, das war klar.

Seit Beginn des Schuljahrs ging ich nur mit einem schwarzen Kuli und einem karierten Blatt Papier in den Unterricht. Ich machte alle Mitschriften des Tages auf dieses eine Blatt, was mich zwang, stark zu raffen und mich also aufs Wesentliche zu konzentrieren. Am Ende des Tages knüllte ich das Blatt zusammen und warf es in den erstbesten Mülleimer. Ein paar Tage zuvor hatte mich ein Lehrer am Ende seiner Stunde dabei auf frischer Tat ertappt: *Decime, bring mir doch bitte mal dieses Blatt her!* Er hatte das Blatt geglättet, den Inhalt zur Kenntnis genommen und mich dann in diesem dramatischen Ton gefragt, den Lehrer für Furcht einflößend halten, über den die Schüler sich aber nur kaputtlachen, wenn sie ihn nachäffen: »Und deine Zukunft – machst du dir denn darüber gar keine Gedanken?«

Ich musste unfreiwillig lächeln.

»Du hältst dich für schlau, Decime. Aber was wirst du tun, wenn du mal vierzig bist?«

»Da werde ich längst tot sein«, antwortete ich ohne jede Ironie.

Dafür musste ich vier Stunden nachsitzen, und ich zog daraus eine Lehre fürs Leben: Sag die Wahrheit, und du wirst es bereuen.

Nassardine seufzte: »Sierra Leone ist ein Land in Westafrika. Zwischen Guinea und Liberia.«

Mein intelligenter Gesichtsausdruck muss ihm verdächtig vorgekommen sein. Er holte jedenfalls eine

Afrikakarte und malte mit dem Finger einen Kringel darauf, am unteren Rand der großen Beule auf der linken Seite von Afrika. Einen Kringel, der etwas in den Atlantik hineinreichte.

»Okay«, habe ich gesagt.

Dann rutschte sein Zeigefinger ins Innere des Kringels, nach oben, eher rechts. Er tippte ein paarmal auf eine bestimmte Stelle.

»Und da ist der Bintumani. Der höchste Gipfel von Westafrika.«

»Und wie hoch ist der?«

»1945 Meter.«

Ich verzog abschätzig den Mund.

»Okay. Ungefähr wie der Mont Ventoux.«

Den kannte ich, weil ich mal meine Sommerferien in der Provence verbracht hatte.

Er lächelte schief.

Ich fragte: »Warst du schon mal da?«

»Nein.«

»Wirst du hinreisen?«

»Auch nicht.«

»Warum redest du dann darüber?«

Nassardine verdrehte die Augen: »Wenn man nur über das reden könnte, was man wirklich gesehen hat, dann hätten du und ich nicht viel zu sagen, glaubst du nicht?«

Ich schaute auf meine Turnschuhe. Er fuhr fort: »Ich war nie dort, nein, und ich werde wahrscheinlich nie irgendwohin reisen. Aber das ist nicht wichtig.«

Er zeigte auf all die Reiseführer und fügte hinzu: »Ich

weiß, dass es alles, was in diesen Büchern steht, gibt, und das reicht mir zum Träumen. Und außerdem: Was hindert mich daran hinzufahren, wenn ich wollte? Ich habe das Leben vor mir.«

»Und wo habe ich das Leben, hmm? Im Rücken?«, fragte da Paquita, die gerade einen Kunden bediente. »Denk bloß nicht, du könntest ohne mich hier abhauen …! Schlagsahne, Monsieur Barnier …? Bitte sehr, das wären dann vier Franc fünfzig.«

Da dachte ich, dass auch ich das Leben vor mir hatte. Nicht mehr lange, okay, aber gerade deshalb wollte ich es voll ausschöpfen.

An dem Abend ging ich mit drei Reiseführern unterm Arm nach Hause.

»Ach ja, stimmt!«, erinnert sich Nassardine gerührt. »Was hatte ich dir damals noch mal geliehen?«

»Brasilien, Griechenland und einen Indienführer.«

»Das weißt du noch, fast zwanzig Jahre später?! Du hast ein gutes Gedächtnis, mein Sohn.«

Dass ich ein gutes Gedächtnis habe, stimmt, aber das ist kein besonderes Verdienst.

Ich habe es nicht mit Erinnerungen verschlissen.

Phileas Fogg sollte sich warm anziehen

In der Schule war ich ein mittelmäßiger Schüler par excellence. Das war das Einzige, worin ich es zu Exzellenz brachte. Doch meine Tante Victoria verschloss davor die Augen und hielt stur daran fest, dass ich studieren sollte. Angesichts meiner begrenzten Lebenserwartung und meines Mangels an Begabungen sah ich keinen rechten Sinn darin, mich unter den anderen Friedhofsbewohnern mit einer besonders guten Ausbildung hervorzutun. Aber meine Tante war verbissener als ein Hund, der die Zähne gerade in die Wade des Briefträgers geschlagen hat, sie ließ nicht locker: »Du solltest trotz allem versuchen zu studieren. Ein Abschluss ist immer nützlich. Man weiß ja nie, *mein armer Liebling* ... «

Sie hatte sicher hellseherische Fähigkeiten.

Meine Tante hatte einen Komplex wie viele Nicht-Akademiker, die sich immer als Hochstapler fühlen und in der nächsten Minute aufzufliegen fürchten, ganz egal, wie kompetent sie sind. Sie, die viel las und sehr gebildet war, arbeitete seit bald dreißig Jahren im Ministerium für Klagen und Beschwerden, am unteren Ende der Hierarchie. Ihre Arbeit bestand darin, durch alle Büros zu laufen und die Post jeweils unter den Stapel von Briefen zu platzieren, die an den Tagen zuvor eingegangen waren. Das war eine körperlich anstrengende und nicht ungefährliche Arbeit, denn die Stapel waren hoch und drohten jeden Moment umzustürzen.

Seit ich mich in Nassardines Reiseführer vertieft hatte, hatte ich endlich ein Ziel: Ich wollte um die Welt reisen.

Ich sah es schon vor mir. Ich würde nach Osten aufbrechen, wie Phileas Fogg, um mit jeder Zeitzone eine Stunde zu gewinnen und zu meinem Tod zu spät zu kommen. Ich erging mich stundenlang in absurden Spekulationen: Angenommen, ich könnte mein Leben lang immer der aufgehenden Sonne entgegenreisen, könnte ich dann letztlich ein paar zusätzliche Tage herausschlagen? Oder besser noch: so synchron gegen die Zeit anreisen, dass diese mich nicht einholen könnte, für immer auf dem höchsten Punkt der Welle surfen und aus meinem Leben einen Tag ohne Morgen machen?

Doch nein, das funktionierte nicht. Ich bewegte mich mit der Geschwindigkeit der Erdrotation auf mein unausweichliches Ende zu, mit etwa 1600 Stundenkilometern, und mit der Geschwindigkeit der Rotation der Erde um die Sonne, etwa dreißig Meter pro Sekunde – ich war gefangen in der unerbittlichen Abfolge der Wochen und Monate, gegen die kein Mensch ankommt. Man muss sich damit abfinden, die Stunden dahinfliegen zu sehen und wie ein Sandkorn im Trichter der Sanduhr zu leben.

Ich hatte mich also damit abgefunden zu sterben, wobei es mich tröstete, dass erstens dieser Tag noch weit weg und dass ich zweitens nicht der Einzige war, dem nichts anderes übrig blieb, denn was das Ende der Reise angeht, sind wir alle gleich – nur die Wege dahin unterscheiden sich.

Aber von meinem Schulwissen war so wenig hängengeblieben, dass ich die Begriffe von Dauer und Distanz verwechselte. Weil das, was (zeitlich) noch *weit weg* ist, immer etwas weniger schlimm erscheint, hatte ich beschlossen, so *weit weg* (von zu Hause) zu sterben wie nur möglich, ganz einfach. Ohne mich mit dieser Tatsache aufzuhalten: Ganz egal, wie viele Kilometer man in einem Leben zurücklegt, man nimmt sich selbst immer mit.

Zur Stunde meines Todes würde *ich* zwangsläufig zur Stelle sein.

Nur braucht man zum Reisen etwas Geld.

Deshalb ließ ich mich, als ich endlich das Abitur in der Tasche hatte, mit Hilfe meiner Tante Victoria im Ministerium einstellen, als Angestellter der Stufe C, ganz unten.

Ich begann meine Karriere ein paar Monate nach meinem achtzehnten Geburtstag, in der Abteilung für Präventive Verwaltung zufälliger Unfälle, der PVzU, wie das interne Kürzel lautete.

Ich wurde im Archiv eingesetzt, wo mein Einsatz aufgrund der mangelnden Relevanz meiner Arbeit sehr begrenzt blieb. Tatsächlich habe ich nie ganz verstanden, worin sie bestand. Ich nehme an, dass das nicht nur mir so geht, vor allem in den Ministerien. In der ersten Zeit versuchte ich herauszufinden, worin die *präventive* Verwaltung *zufälliger* Unfälle bestehen könnte, da Letztere ja per definitionem nicht vorherzusehen sind. Aber angesichts der nebulösen Antworten auf meine Fragen und der sie begleitenden missmutigen Blicke, gab ich vorsichtshalber lieber auf.

Monatelang hielt ich mich an die geltenden Regeln: Ankunft um neun Uhr dreißig, Kaffee bis zehn, Arbeit (?), Mittagspause in der Kantine von zwölf Uhr dreißig bis dreizehn Uhr dreißig, Arbeit (?), Kaffeepause von sechzehn Uhr bis sechzehn Uhr fünfundzwanzig. Die Tage flossen dahin wie Wasser, farblos, geruchlos, ohne jeden Geschmack. Ich erlitt einen langsamen Verfall, das Schicksal aller Büroangestellten, und wie sie begann ich, meine Umgebung mit dem erloschenen Blick eines Fischs von vorgestern zu betrachten.

Um sechzehn Uhr fünfundvierzig räumte ich meine Sudokus weg, schloss mein Mail-Postfach und alle Internetseiten, hob mein Telefon ab, um nicht gestört zu werden – was von einer irren Hoffnung zeugte, denn es rief nie irgendjemand an. Dann verließ ich um siebzehn Uhr zehn mein Büro, es war Zeit, hinunterzugehen und mich von den Kollegen zu verabschieden, um pünktlich zum Ende meines Arbeitstages um siebzehn Uhr dreißig den Ausgang zu erreichen.

Mein Büro war im obersten Stockwerk, was eher unüblich ist, wenn man im Archiv arbeitet. Durch eine der Ungereimtheiten, die der Verwaltung eigen sind, war der ganze Rest der Abteilung im dritten Stock angesiedelt, und ich war der Einzige, der so weit hinaufmusste.

Wenn ich im achten Stock ankam, öffnete sich der Aufzug ächzend, und ich stand mitten in einem langen, verlassenen Flur, der von flackernden Neonröhren beleuchtet wurde. Auf beiden Seiten reihten sich leerstehende Büros aneinander. Meines befand sich ganz am

Ende auf der linken Seite. Ich bewegte mich ohne jede Begeisterung darauf zu. Meine Schritte hallten wie in einer Kapelle. Manchmal drehte ich mich um, weil ich dachte, jemand folgte mir.

Die ganze Etage war auf traditionelle Weise klimatisiert, im Winter kalt, im Sommer heiß, wodurch ich in tiefem Einklang mit dem ewigen Reigen der Jahreszeiten leben durfte.

An meine Tür hatte man freundlicherweise ein Prägeetikett mit meinem Namen geklebt, direkt über eine Tafel, auf der in Großbuchstaben stand: ARCHIV. Ich fand, in der Kombination lag eine gewisse Ironie: »Mortimer DECIME – ARCHIV«. Ich fügte ein »e« und die Akzente hinzu und las: *décimé – archivé, dezimiert – archiviert.*

Mein Büro war ein heller Raum mit einer riesigen Glasfront, die einen herrlichen Blick über die Dächer der Stadt bot.

Ich verfügte über einen Metallschreibtisch mit zwei Schubladen, zu denen der Schlüssel fehlte, ein Telefon, eine Kollektion von schmierenden Bic-Kugelschreibern, eine Schachtel voller Heftklammern und Gummibänder, einen Rechenschieber, den ich nicht brauchte, einen Schreibtischstuhl auf Rollen, einen großen Kalender vom Vorjahr, zwei Stühle für Besucher und einen langen Klapptisch, auf dem eine kaputte Kaffeemaschine und eine verstaubte Plastikpflanze standen. Ich hatte mir aus eigener Tasche einen Wasserkocher gekauft, trank Unmengen Instantkaffee und versuchte zu vergessen.

Die Toilette war am anderen Ende des Flures, und ihre Tür schloss nicht.

Irgendjemand – einer meiner Vorgänger, nehme ich an – hatte mit einem scharfen Gegenstand hineingeritzt: »Ich scheiße auf die Verwaltung.«

Der Ort war für die Art von Erklärungen gut gewählt.

Das Archiv in meinem Büro bestand alles in allem aus drei hohen Ordnern aus grauem Metall, mit angerosteten Ecken und wie folgt beschriftet: *Streitsachen, Laufende Angelegenheiten* und *Abgeschlossene Fälle*.

Die beiden ersten Ordner waren leer.

Der dritte betraf mich nicht mehr.

Weltenbummelei

Nach ein paar Wochen begann ich meine Arbeitsstunden zu schwänzen wie ein schlechter Schüler. Sobald das Bedürfnis sich bemerkbar machte – also kaum eine Stunde, nachdem ich angekommen war –, klemmte ich mir ein Aktenbündel unter den Arm, nahm den Aufzug und verließ das Gebäude mit großen, entnervten Schritten, wobei ich besorgte Blicke auf die Uhr warf. Auf dem Vorplatz traf ich immer ein paar Kollegen, die ihren Krebs fütterten. Ich grüßte sie mit einem Handzeichen, ohne den Schritt zu verlangsamen. Ich schnaubte laut und schüttelte den Kopf, wie ein Mann, der unter seiner Arbeitslast ächzt.

Niemand fragte mich je, wohin ich ging, nicht ein einziges Mal. Es war völlig egal. Ich konnte gehen, kommen – oder auch nicht kommen –, wie ich wollte, ich war mit meinem Job verschmolzen. Besser noch, ich war von ihm geschluckt, verdaut, vernichtet worden. Meiner Substanz beraubt.

Ich war unsichtbar geworden.

Als ich das erste Mal meinen Arbeitsplatz grundlos verließ, blieb ich nur zehn Minuten weg, in denen ich mindestens sechshundertmal auf die Uhr schaute, um schließlich im Laufschritt zurückzueilen, reumütig und bereit zu schwören, es nie wieder zu tun. Dann wurden meine Pausen allmählich länger. Am Ende war ich nur noch am Anfang und am Schluss des Arbeitstages anwesend. Immer sehr pünktlich, ein mustergültiger Angestellter. In Wirklichkeit ging ich – außer an Regentagen, die ich der Lektüre meiner Reisebücher oder dem Surfen im Internet widmete – eine Viertelstunde nach Arbeitsbeginn wieder hinaus und lief durch die Stadt. Ich hatte keine Angst, Kollegen zu begegnen, denn ich war mir – völlig zu Recht – sicher, dass keiner Einziger von ihnen mich erkannt hätte.

An manchen Tagen ging ich beim Wagen vorbei und aß eine Crêpe. Als Vorwand erfand ich einen Außentermin oder einen Streik in der Abteilung. Paquita und Nassar wissen nicht mal, was das Wort »Urlaub« bedeutet, da hätten sie den Sinn des Wortes »Fehlen« sicher nicht verstanden.

Für manche Menschen ist Arbeit etwas Heiliges. Jedem seine Religion. Ich bin da sehr tolerant.

In der übrigen Zeit ging ich ins Kino oder in Buchhandlungen, ich hing in Museen, Galerien und Läden herum. Aber ich konnte machen, was ich wollte, es war mir langweiliger als einem Hund ohne Flöhe. Nichts beschäftigte mich wirklich. Ob ich es wollte oder nicht, im Kopf strich ich die Tage durch, auch ohne Kalender. Irgendwo in mir drinnen dachte Morty, der Verurteilte, an nichts anderes als an sein unausweichliches Schicksal.

Alles hätte mich davon überzeugen müssen abzuhauen, zu reisen, jeden Tag zu nutzen wie einen kostbaren Schatz, aber nein, ich tat genau das, was wir alle tun: Ich vergeudete meine Zeit und jammerte darüber, wie sie verrann.

Ich lebte mein Leben, als wäre ich in einem Wartezimmer gefangen, besessen vom Gedanken an meinen sechsunddreißigsten Geburtstag.

Und dann fing ich doch an zu reisen, nicht weil es mir Freude bereitet hätte, sondern um mich an das Drehbuch zu halten, das ich mir selbst geschrieben hatte, als ich jünger war, und in dem ich mit nichts als meinem Reisepass und meiner Zahnbürste durch die weite Welt zog.

Ich stieg voller Angst ins Flugzeug, nachdem ich mich mit Reiserücktransportversicherungen abgesichert und meinen Koffer mit Medikamenten vollgestopft hatte. Ich hatte mich mit Sprachführern ausgerüstet, deren wichtigsten Sätze ich auswendig konnte: *Ich bin krank/Ich habe Kopfweh – Bauchweh – hier – höher – tiefer – links – rechts/Ich brauche einen Arzt/Wo ist die nächste Polizeiwache – das nächste Krankenhaus/Man hat mir meinen Koffer – meine Papiere – mein Geld gestohlen/ Lassen Sie mich raus/Ich will meinen Anwalt sprechen.*

Dabei kannte ich doch den Tag meines Todes und hätte unbekümmert losziehen können, ungeimpft, pfeifend und die Hände in den Taschen.

Bei meiner Rückkehr erzählte ich den Kollegen, wie fabelhaft und exotisch die Reise gewesen war. Ich machte es mir zur Pflicht, Begeisterung an den Tag zu legen, und manch einer hielt mich für einen Abenteurer, wo ich selbst doch wusste, wie sehr ich mich hatte zwingen müssen loszuziehen. Und warum die ganze Weltenbummelei? Um mir die Illusion zu geben, wirklich zu leben? Wenn das mein Ziel war, so hatte ich es verfehlt. Auch wenn ich mich darauf versteifte, immer wieder aufzubrechen – am stärksten empfand ich bei all meinen Reisen den wunderbaren Augenblick der Heimkehr, wenn ich den Fuß wieder auf französischen Boden setzte.

Der Einzige, der sich nicht täuschen ließ, war Nassardine. Er konnte in meinen Augen lesen, er erkannte darin die noch frischen Spuren der Angst vor dem Unbekannten, die von meiner Einsamkeit ins Unermessliche gesteigert wurde.

Ihm erzählte ich keine Märchen. Das wäre sinnlos gewesen. Er holte seinen Atlas hervor und fragte: »Wo bist du genau gewesen?«

Und ich zeichnete unsichtbare Wege auf die Karten und sah, wie seine Augen plötzlich leuchteten. Er stellte mir ein paar gezielte Fragen, freute sich wie ein Kind. Er ließ mich die Reise im Sonnenlicht seiner Begeisterung noch einmal erleben, und er war es, der sie schön machte. Dann bekam ich Lust, erneut aufzubrechen. Aber kaum hatte die nächste Reise begonnen, fühlte ich mich wieder genauso allein, genauso weit weg, genauso nichtig.

Es tut weh – hier – höher – tiefer/Wo ist die nächste Polizeiwache – das nächste Krankenhaus/Man hat mir meinen Koffer – meine Papiere gestohlen ...

Schließlich zog ich daraus den Schluss – etwas spät,

ich weiß –, dass ich einfach nicht dafür geschaffen war, allein zu leben.

Und kurz darauf lernte ich Jasmine kennen.

»Ah, Jasmine!«, seufzt Nassardine und küsst seine Fingerspitzen.

Das verdient einen Exkurs.

Ah, JASMINE!
(Exkurs)

Es war an einem 8. Juli.

Es gibt solche Tage, die alle vorangegangenen Tage zu einem *Vorher* machen und alle folgenden zu einem *Nachher*.

Tage wie Bojen, wie Seezeichen, wie Leuchttürme.

Ich war Single. Oder genauer gesagt, ich war gerade verlassen worden. Das passierte mir laufend. Seit ich an meinem achtzehnten Geburtstag den feierlichen Beschluss gefasst hatte, nie mit jemandem zusammenzuleben, war ich immer an Romantikerinnen geraten. Meine zurückhaltende, bindungsscheue Seite schien sie unheimlich anzuziehen. Ein paar Wochen lang fanden sie sich damit ab, nie mehr als eine Nacht bei mir verbringen oder ihre Zahnbürste dalassen zu können. Dann kam unausweichlich der Moment, in dem sie beschlossen, mich zu ändern, zu meinem Besten. Denn sie waren sich ganz sicher: Ich brauchte ein geordnetes Leben und – warum nicht? – ein paar Kinder dazu. Ich fürchtete mich vor diesem Moment, denn kurz danach war jedes Mal Schluss. Ich konnte mir nicht vorstellen, ihnen vom tragischen Schicksal aller Männer meiner Familie zu erzählen. Es war wirklich zu unglaubwürdig und kompliziert. Ich suchte nicht einmal mehr irgendwelche schwammigen Ausflüchte, ich schwieg einfach. Und je nach Charakter weinten sie dann, wurden sauer, beschimpften mich, entweder nacheinander oder alles auf einmal. Und dann verließen sie mich, und ich stand wieder allein da.

Ich erlebte diese Situationen wie ein Rugbyspieler, der zu Fall gebracht und tiefgehalten wird: Es tut weh, hinterlässt aber nicht viel Spuren.

Ich war noch nie wirklich verliebt gewesen.

Inzwischen war ich zweiunddreißig und wog fünf Kilo zu viel. Ich hatte es endlich aufgegeben, mich zu frisieren wie ein Puli – die einzige Hunderasse, die sich für Bob Marley hält. Ich war jetzt stets frisch rasiert, trug die Haare kurz, ich kaufte meine Möbel bei Ikea und fuhr auf einem Elektrofahrrad ins Büro.

Ich war schon im Vorruhestand.

Meine Reisepläne hatte ich Tag um Tag vor mir hergeschoben, kein Geld, keine Zeit, keine Energie, keine Lust mehr, wozu das alles. Ich hatte meine großen Träume begraben, ich vegetierte im Ministerium vor mich hin. Ich, der ich vom Leben eines Riesen geträumt hatte – *des stolzes Haupt dem Himmel sich gesellt und dessen Fuß ganz nah dem Reich der Toten ruht* –, fand mich als Bonsai in einem Blumenkasten wieder.

Jeden Morgen stellte ich mich vor den Spiegel – wahrscheinlich, um mich zu bestrafen, denn ich nahm mir meine Willenlosigkeit sehr übel – und verkündete mir selbst die Zahl der Kilometer, die mir auf dem Zähler blieben.

An diesem 8. Juli um acht Uhr, fünfzehn Minuten und dreiunddreißig Sekunden, bevor ich mich rasierte, waren es noch (oder nur noch):

3 Jahre, 7 Monate, 7 Tage, 2 Stunden, 44 Minuten und 27 Sekunden

Anders gesagt:
1318 Tage
oder 32 944 Stunden
oder 1 976 640 Minuten
oder 118 598 400 Sekunden

Aber das änderte sich ständig. Vor allem die Sekunden.

An diesem Tag wollte ich trotz des trüben Wetters ein bisschen in der *Bar du Rendez-Vous* abhängen, einer kleinen Kneipe, die ich gern mochte, fünf Minuten vom Ministerium entfernt. Ich hatte mich ans Fenster gesetzt und ließ mich vom strömenden Regen einlullen, der endlich niederging. Ich war dabei, einen falschen Reklamationsbrief fertig zu schreiben, adressiert an die Abteilung für nichtbearbeitungsfähige Fragen und Gesuche, mit deren Mitarbeitern ich mich angefreundet hatte. Freunde am Arbeitsplatz verhalten sich zu echten Freunden wie der Hamburger zur echten Küche: schwer verdaulich, fade, aber manchmal ausreichend, um den Hunger zu stillen.

Das war mein neuer Zeitvertreib, irgendwie muss man sich ja zerstreuen. Gleichzeitig vollbrachte ich damit eine gute Tat, denn wenn ich selbst zwar die Privatinitiative ergriffen hatte, während der Bürostunden spazieren zu gehen, taten das meine Kollegen von der AnbFG nicht – wahrscheinlich waren sie ängstlicher, jedenfalls blieben sie an ihrem Arbeitsplatz, als wäre die Außenwelt verstrahlt. Also hatte ich beschlossen, ihnen etwas Beschäftigung zu verschaffen. Unter frei erfundenen Betreffzeilen, begleitet von Kopien hanebüchener

Akten, die glaubwürdig zu gestalten ich mich sehr bemühte, schickte ich wütende Briefe an die drei amtierenden Angestellten der Abteilung.

Zu Händen von Monsieur Daniel Chaudronnet (oder Grégoire Blondin oder Baptiste Langlois)

Sehr geehrter Herr Chaudronnet (oder Blondin oder Langlois),

zu meiner höchsten Verwunderung und Empörung hat Ihre Abteilung bis heute nicht auf meine Beschwerde vom (Datum) reagiert, deren Eingang Sie mir unter der Nummer XX bestätigt haben. Dabei scheint mir, dass eine derart dringliche und weitreichende Angelegenheit es verdient, umgehend bearbeitet zu werden, wie Sie selbst hätten feststellen müssen, wenn Sie in die Ihnen vorliegenden Unterlagen (s. beiliegend die Eingangsbestätigung Nummer XY) Einsicht genommen hätten, die Ihnen mein Anwalt, Maître Prosper Lachaise von der Anwaltskammer von Maimenont, hat zugehen lassen.

Auf meinen ordnungsgemäß begründeten Antrag auf Schadensersatz habe ich seitens Ihrer Abteilung keinerlei Antwort bekommen. Folglich fordere ich Sie hiermit auf… Prozess … vor Gericht … Unannehmlichkeiten … Konsequenzen … Hochachtungsvoll.

Ich kicherte über meine eigene Albernheit, als der Kellner, der gerade an meinem Tisch vorbeiging, mit dem Daumen über die Schulter nach draußen zeigte und dem Wirt zurief: »Es sollte ihr mal jemand sagen, dass es sowieso schon regnet!«

Hinter dem Tresen lachte der Wirt.

Ich warf einen Blick durchs Fenster. Ich kapierte den

Witz nicht. Ich sah nur ein Mädchen, allein, im Regen, an einem Tisch ohne Sonnenschirm.

Ich weiß bis heute nicht warum, aber ich steckte meinen Briefentwurf in die Tasche, nahm meine Tasse und ging zu ihr hinaus.

Das Mädchen, das im Regen saß und weinte

Ich hatte noch nie ein Mädchen gesehen, das so nass war. Sie trug eine Art Wichtelmütze, unter der halblanges Haar hervorschaute, das strähnig in ihrem Gesicht klebte wie feuchte Rattenschwänze. Sie weinte. Daher wohl der Witz des Kellners, den ich jetzt nachträglich verstand.

Sie weinte mit weit offenen Augen, ihre Nase lief, ohne dass sie sie abwischte, ihre Bluse, die an ihrer Haut klebte wie bei einem Wet-T-Shirt-Contest, ließ einen BH erahnen, der eher Schmuck als Stütze war, ihr Rock klebte an ihren mageren Schenkeln und triefte so, dass Rinnsale an ihren Waden herabliefen.

Ein Häufchen Elend.

»Geht wohl nicht besonders?«

Ohne mich anzuschauen, antwortete sie: »Doch.«

»Scheint mir nicht so«, meinte ich. »Haben Sie gesehen, dass es regnet?«

Sie nickte.

Ich ließ nicht locker: »Wollen Sie sich nicht lieber unterstellen?«

Statt einer Antwort schaute sie mich nur an, die Augen voller Tränen, und schüttelte langsam den Kopf. Also setzte ich mich einfach dazu, trank meinen vom

Regen verdünnten Kaffee und verwandelte mich langsam in einen Wischlumpen.

Ich hörte, wie der Kellner und der Barmann drinnen lachten. Ich spürte die neugierigen Blicke der Passanten, die unter ihren Regenschirmen vorbeieilten. Ich fing an, mir blöd vorzukommen. Irgendwann sagte ich: »Sind Sie sicher, dass Sie nicht nach drinnen kommen wollen? Wir werden noch nass, wenn es so weitergeht.«

Sie antwortete nicht. Die Tränen liefen ihr ununterbrochen über die Wangen, rollten bis zur Kinnspitze und tropften von da auf ihren Rock.

Sie weinte wie eine Vase, die nicht ganz dicht ist.

Noch eine, die einen Sprung in der Schüssel hat, dachte ich. Die ziehen mich immer an, weiß der Geier warum. Diese hier war völlig durchgeknallt, ich würde nichts für sie tun können, das schien sonnenklar. Aber ich bin von Natur aus neugierig, und ich hatte nichts Besseres vor. Also konnte ich genauso gut bleiben und schauen, was passieren würde. Was riskierte ich schon? Mein Brief konnte warten. Es war Juli, es war nicht kalt, ich würde nicht an Lungenentzündung sterben. Jedenfalls nicht früher als in drei Jahren, sieben Monaten, sieben Tagen, zwei Stunden usw.

Plötzlich meinte das Mädchen munter: »War ich gut?«

»Wie?«

»Die Tränen? Kamen die gut rüber?«

Sie hatte aufgehört zu weinen. Sie hatte nur so getan, als ob. Ich war tief gekränkt. Ich dachte an den Kellner, den Barmann, die Kunden, die Passanten, an alle, die sich über mich lustig gemacht haben mussten, als sie mich wie einen Idioten im strömenden Regen sitzen sahen, mit beschlagener Brille und pudelnass.

Ich fragte sie, ob sie es komisch fände, die Leute so an der Nase herumzuführen.

Sie schaute mich überrascht an.

»Ich führe niemanden an der Nase herum, ich trainiere. Die Leute müssen daran glauben.«

Den Satz »Die Leute müssen daran glauben« hatte sie in einem Ton gesagt, der auch zu Sätzen gepasst hätte wie: »Ich muss die Welt retten«, oder: »Wenn wir den Brand nicht löschen, wird das ganze Gebäude einstürzen«.

Ich antwortete hinterhältig: »Ich habe keine Sekunde daran geglaubt!«

Sie musterte mich einen kurzen Moment von der Seite, dann meinte sie plötzlich: »Doch, da bin ich mir sicher! Der Beweis ist, dass Sie geblieben sind.«

Ich wollte ihr das Gegenteil versichern, als sie mich auf einmal anlächelte.

»Okay«, gab ich mich geschlagen. »Okay, stimmt, ich habe daran geglaubt.«

Sie hatte ihr Getränk noch nicht angerührt, ein Tonic mit Mandelsirup. Die beiden widerlichsten Getränke der Welt, nach meiner unerheblichen Meinung. Sie rührte ihre Mixtur um und trank zwei Schlückchen davon. Ich schaute ihren Mund an und sagte mir: Wenn ich sie jetzt küssen würde, hätte sie diesen scheußlichen Bittermandelgeschmack, und das würde mir nicht gefallen.

Sofort darauf dachte ich, dass ich nicht den geringsten Grund hatte, sie zu küssen. Es gab absolut nichts an ihr, was mir gefiel.

Außer vielleicht ihr Mund.

Sie trocknete sich die Augen, was nicht den geringsten Unterschied machte, da inzwischen die reinste Sintflut niederging. Ihre Nase lief noch immer. Ich wühlte in meinen Taschen, vergeblich.

»Warten Sie kurz, ich komm gleich wieder!«, sagte ich.

Ich ging zum Wirt und bat ihn um ein paar Papierservietten, die er mir mit einer Grimasse überließ, als würde man ihn zwingen, seinen Laden zu verscherbeln. Geizkrägen und Knauserer habe ich schon immer gehasst.

Er deutete mit dem Kopf auf das Mädchen und grinste höhnisch.

»Ist die blau oder was?«

»Sie hat gerade ihre ganze Familie bei einem Flugzeugabsturz verloren«, sagte ich.

»Ach du Scheiße!«

»Außerdem hat sie echt Pech, sie hat sich in Indien Lepra geholt.«

Der Wirt schaute den Kellner an, der sofort losrannte, um sich die Hände zu waschen.

»Ist angeblich gar nicht so ansteckend«, meinte ich.

»Na ja, aber trotzdem …«, stammelte der Wirt besorgt. »Dany, du schmeißt ihr Glas dann in den Müll. Ich will da nichts riskieren, nur wegen der anderen Gäste …«

»Tja, ich kann Sie gut verstehen«, sagte ich. »So hab ich mir meinen Herpes geholt, und den werde ich seitdem nicht mehr los.«

Der Wirt schluckte schwer, und ich lächelte ihn an wie ein Unschuldsengel.

Als ich wieder aus dem Café herauskam, war das Mädchen nicht mehr da. Ich schaute suchend herum und fand sie endlich, ganz am Ende der Straße. Ich rannte im Regen los und holte sie nach zweihundert Metern ein. Sie machte große, schnelle Schritte. Ganz außer Atem hielt ich ihr die durchnässten Papierservietten hin. Sie nahm sie mechanisch und steckte sie in die Tasche. Sie sagte: »Ich hab jetzt keine Zeit. Ich muss weiter. Du kannst mitkommen, wenn du willst.«

Ich bemerkte, dass sie mich duzte, antwortete: »Okay«, und fragte sie, wie sie heiße.

»Jasmine. Und du?«

»Mortimer.«

Sie fragte, ob ich Engländer sei, ich sagte nein und erzählte ihr dann aus irgendeinem Grund die Geschichte mit den Vornamen, die alle mit »Mor« beginnen. Sie fand das gruselig. Dem konnte ich nichts entgegenhalten. Ich fügte noch hinzu, dass man mich Morty nannte. Das kommentierte sie nicht, aber ich hatte das Gefühl, dass es die Sache auch nicht besser machte.

Um das Thema zu wechseln, fragte ich sie: »Wie alt bist du?«

»Fünfundzwanzig. Und du?«

»Zweiunddreißig.«

Ich rannte fast, um mit ihr Schritt zu halten.

»Bist du Schauspielerin? Hast du für eine Szene geprobt?«

»Nein. Das heißt, ja. Aber eigentlich nicht … Ich tue das, um Leuten zu helfen.«

»Um Leuten zu helfen …? Wie? Indem du in Cafés weinst?«

»Ja. Das heißt, nein.«

Sie schniefte, kramte nach den Servietten, wischte sich damit die Nase ab, wodurch sie auch nicht trockener wurde, und fügte hinzu: »Ansonsten bin ich Hundefriseuse. Ich arbeite halbtags. Und du?«

»Ach, nichts Interessantes …«

Sie nickte beifällig, als wäre das sehr gut, nichts Interessantes zu machen.

Ich fragte sie, warum sie das tat.

»Was?«

»Im Regen auf einer Caféterrasse weinen.«

Sie antwortete, das sei kompliziert zu erklären, aber wenn es mich interessiere, könne ich ja »als stiller Beobachter« mitkommen. Sie erklärte außerdem, sie weine nicht nur im Regen, sondern auch bei Sonnenschein. In dem Augenblick meinte ein Sonnenstrahl, Wunder spielen zu müssen, und brach durch die Wolken.

Wir rannten eine Weile weiter, dann wurde Jasmine langsamer. Sie zögerte, hielt an, ging wieder los, machte kehrt, nahm andere Straßen. Sie wirkte, als hätte sie sich verlaufen. Plötzlich hielt sie an, wie ein Vorstehhund, der eine Spur gefunden hat. Ich folgte ihrem Blick auf die andere Straßenseite. Häuser, Läden, Passanten, Autos. Nichts Besonderes. Sie sagte zu mir: »Du rührst dich nicht vom Fleck, okay?«

Sie atmete tief ein und ging dann schräg über die Straße. Auf der anderen Seite ging sie nach links den Gehweg hinunter, auf ein Reisebüro zu, neben dem eine etwa vierzigjährige Frau stand. Die Frau lehnte mit dem Rücken an der Wand und rauchte nervös, sie schaute niemanden an, und trotz der Entfernung spürte ich, dass sie schlecht drauf war. Jasmine ging an ihr vorbei, ohne sie anzuschauen. Sie ging langsam, wirkte etwas verloren. Die Frau warf ihr einen zerstreuten Blick zu. Jasmine ließ sich ein paar Meter weiter auf eine Bank fallen. Dann begann sie bitterlich zu weinen. Die Frau schaute ein paarmal peinlich berührt zu ihr hinüber, sie schien zu zögern, zu überlegen, was sie tun sollte. Schließlich warf sie ihre Zigarette weg, straffte sich und ging auf Jasmine zu. Sie fragte sie irgendetwas. Jasmine blickte zu ihr auf, antwortete mit ein paar Worten. Ich sah die Szene ohne Ton, und das Bild war von den vorbeifahrenden Autos unterbrochen. Die Frau setzte sich neben Jasmine, sprach eine Weile mit ihr, versuchte, sie zu trösten. Jasmine nickte, schien sich ihren Rat anzuhören. Schließlich standen sie auf, die Frau legte einen Arm um Jasmine und drückte sie fest an sich, dann ging Jasmine etwas flotteren Schrittes weiter. Die Frau schaute ihr nach, und ich sah, dass sie lächelte. Sie stieß die Tür des Reisebüros auf und ging hinein, nachdem sie einen letzten Blick auf Jasmine geworfen hatte.

Ich folgte Jasmine von weitem. Kaum war sie um die Ecke gebogen, war sie wieder in ihren Trab verfallen, und ich hätte mich beinahe abhängen lassen. Als ich gerade aufgeben wollte, weil ich die Schnauze voll hatte und es außerdem schon spät war – ich hatte schließlich noch andere Sachen zu tun –, ging sie in ein Starbucks-Café hinein. Ich folgte ihr.

Sie bestellte gerade einen Cheesecake und lächelte, als sie mich sah. Sie sagte: »Hast du gesehen?«

»Was gesehen?«, fragte ich gereizt zurück. »Was ist das denn für ein Theater?«

Jasmine hob eine Augenbraue.

»Was für ein Theater …? Das ist kein Theater. Wenn es Leuten nicht gut geht, spüre ich das, und ich helfe ihnen, in dem ich in ihnen den Drang wecke, mir zu helfen.«

Sie nahm ihr Tablett und suchte sich einen ruhigen Tisch aus. Ich folgte ihr und wiederholte perplex: »Du hilfst ihnen, indem du in *ihnen* den Drang weckst, *dir* zu helfen?«

»Ja, genau. Danach fühlen sie sich besser.«

Sie nahm einen Löffel voll Cheesecake, aß ihn andächtig, die Augen vor Glück halb geschlossen, wie eine schnurrende Katze.

Dann fragte sie: »Als du dich vorhin im Regen zu mir gesetzt hast, hattest du da nicht das Gefühl, ein guter Mensch zu sein?«

Ich wollte ihr nicht die Freude machen, ihr recht zu geben, aber es stimmte schon irgendwie.

Ich hatte mich selbst hilfsbereit gefunden, anders als

der Kellner und der Wirt. Ich kam mir wie ein deutlich besserer Mensch vor, um die Wahrheit zu sagen.

»Bist du in einer Sekte oder was?«, fragte ich sie misstrauisch.

Sie lachte schallend.

Jasmine erzählte mir, woher sie diese Manie hatte, Leuten zu helfen, ohne dass sie es merkten. Als Jugendliche hatte sie eines Morgens an der Bushaltestelle gestanden, als ein Junge neben ihr einen epileptischen Anfall bekommen hatte. Es klang, als wäre sie selbst damals nicht so gut drauf gewesen. Das deutete sie zumindest an, ging aber nicht weiter darauf ein.

Erst zwei Tage vorher hatte sie eine Fernsehsendung über Erste Hilfe gesehen. Und da hatte sie einen kühlen Kopf bewahrt und den Jungen auf die Seite gelegt, seinen Kopf auf ihre zusammengerollte Jacke gebettet wie auf ein Kissen und mit ihm auf den Rettungsdienst gewartet.

»Das war keine große Sache, aber ich habe mich danach den ganzen Tag gut gefühlt.«

Konnte es sein, dass man bessere Laune bekam, wenn man sich um andere kümmerte? Die Theorie war interessant, blieb nur noch, sie zu überprüfen. Der Gedanke hatte sich in ihr festgesetzt, und ein paar Tage später hatte sie sich auf eine Bank gesetzt und angefangen zu weinen. Einfach so. Um zu sehen, was passieren würde.

»Und?«

»Es hat auf Anhieb geklappt.«

»Was? Was hat ›geklappt‹?«

»Ein Typ ist zu mir gekommen und hat gefragt, was denn los sei.«

Sie fügte hinzu, dass sie das erstaunt habe, weil sie wirklich überzeugt gewesen war, dass die Leute alle nur für sich lebten, ohne sich im Geringsten dafür zu interessieren, wie es den anderen ging.

»Aber das stimmt gar nicht. Die Leute sind nicht gleichgültig. Nicht alle. Wenn ich anfange zu weinen, gibt es immer jemanden, der mich sieht und zu mir kommt.«

Ihre Bemerkung erinnerte mich an die Stelle in Alessandro Bariccos *Novecento*, wo der Erzähler von dem einen Menschen in der Menge an Deck erzählt, der als Erster Amerika sieht: *Es passierte immer wieder, dass auf einmal einer den Kopf hob ... und es sah. Das ist etwas, was schwer zu begreifen ist. Ich meine ... Wir waren mehr als tausend auf diesem Schiff: steinreiche Leute auf Reisen, Auswanderer, Sonderlinge und wir ... Trotzdem gab es jedes Mal einen, nur einen einzigen, der ... es als Erster sah. Vielleicht aß er gerade was, oder er ging einfach so spazieren da auf dem Deck ... vielleicht zog er gerade seine Hose zurecht ... er hob kurz den Kopf, warf einen Blick auf das Meer ... und da sah er es. Er blieb wie angewurzelt stehen, da, wo er gerade stand, sein Herz schlug zum Zerspringen, und jedes Mal, jedes verfluchte Mal, wirklich jedes Mal drehte er sich zu uns um, zum Schiff, zu allen, und schrie (leise und langsam): Amerika. Dann verharrte er reglos, als sollte er in eine Fotografie einge-*

hen, und mit einem Gesicht, als hätte er es selbst gemacht – Amerika.

Ich stellte mir Jasmine vor, wie sie auf dieser Bank mitten auf einem Gehweg saß und weinte, genau wie vorhin, als ich sie zum ersten Mal gesehen hatte.

Ich meinte vor mir zu sehen, wie die dichte Menschenmenge sich vor ihr teilte und sich hinter ihr wieder schloss wie ein Gebirgsbach, der durch einen Felsen in seinem Lauf zerteilt wird. Sie war das kleine Mädchen im roten Mantel aus *Schindlers Liste*. Der einzige Mensch in Farbe in all dem Schwarz-Weiß. Und irgendjemand sah sie immer. Das stimmte, das konnte ich bestätigen. Der Kellner hatte sie gesehen. Und ich hatte sie auch gesehen. Ich war in den Regen hinausgegangen, ohne zu wissen, was ich zu ihr sagen sollte, aber ich war dageblieben, reglos, und hatte wahrscheinlich genauso dreingeschaut wie der Emigrant in der Geschichte.

Denn solange es Typen wie mich gab, konnte jemand wie Jasmine sich ohne weiteres als Amerika ausgeben.

Jasmines Geschichte war schön und gut. Bloß funktionierte dieses Wunder nur bei ihr. Wenn ich auf der Straße losgeweint hätte, wer wäre dann stehen geblieben? Natürlich kein Schwein. Seit Monaten verließ ich jeden Tag während der Arbeitszeit mein Büro, und kein einziges Mal hatte irgendjemand mich gefragt, wohin oder warum, auch wenn jeder sah, dass ich das Gebäude verließ und über den Vorplatz davonging. Es war ihnen scheißegal.

Ich könnte mich auf eine Bank setzen und heulen, soviel ich wollte. Ich würde mir die Tränen eines ganzen Lebens ausweinen, bevor sich auch nur ein Passant für mich interessierte. Ich würde so viel Wasser vergießen, bis ich erschöpft, verschrumpelt, ausgetrocknet wäre. Ihr Trick funktionierte nur bei Mädchen wie ihr, vielleicht nicht hübsch – nein, wirklich nicht –, aber so anrührend mit ihrem Lippenstift, ihren Grübchen. Für zweiunddreißigjährige Dickwänste mit Brille war das nichts.

Jasmine konnte glauben, was sie wollte und so lange sie wollte, sie lag daneben. Sie machte sich Riesenillusionen über die Menschlichkeit der Menschen, ihr Mitgefühl, ihre Selbstlosigkeit.

Aus einem einzelnen Beispiel kann man einfach kein allgemeingültiges Gesetz ableiten. Tut mir leid.

Ich hätte aufstehen, gehen, den Faden meines Lebens wieder aufnehmen sollen. Aber ich musste herausfinden, wie dieses Mädchen tickte. Ich wollte meine Irritation bis zum Ende ausloten, um sie dann stehen zu lassen und mir sagen zu können: Sie ist wirklich total bescheuert, ich habe meine Zeit verschwendet.

»Was erzählst du ihnen denn, wenn sie dich trösten kommen?«

»Kommt darauf an, jedes Mal etwas anderes.«

»Dann hast du also Phantasie …«

»Nein, aber es ist eigentlich ganz einfach, ich muss nicht mal nachdenken. Die Leute geben mir selbst zu verstehen, was sie gerne hören möchten. Man braucht sie bloß anzuschauen. Ich weine, das ist alles. Den Rest machen sie.«

Sie hatte den unschuldigen Blick eines zehnjährigen Mädchens und redete daher wie eine Betrügerin.

»Und was bringt dir das?«, fragte ich.

»Es bringt mir gar nichts. Wenn mir jemand etwas geben will, lehne ich ab, außer wenn ich spüre, dass dieser Mensch das *unbedingt* braucht, um sich besser zu fühlen.«

Jasmine zeigte mir einen kleinen blauen Madonnenanhänger, den sie um den Hals trug.

»Anfang des Jahres hat mir eine alte Frau das hier geschenkt. Sie hat gesagt, sie habe es von ihrer Tochter, und es würde mir Glück bringen. Ich habe gesehen, dass sie sehr daran hing. Aber ich habe gespürt, dass ich es nehmen musste, weil es wichtig für sie war. Also habe ich es angenommen. Ich finde es super hässlich, aber ich behalte es trotzdem.«

Sie lachte.

»Ist doch hässlich, oder?«

Sie zog den Ausschnitt ihres T-Shirts nach unten, um den Anhänger an seinen Platz zurückrutschen zu lassen. Ich konnte die kleine Mulde zwischen ihren Schlüsselbeinen sehen, den Brustansatz, einen rötlichen Leberfleck. Ihre Gesten waren nicht kokett und millimetergenau berechnet wie bei Mädchen, die verführen wollen, und ich wusste schon, was so viel Natürlichkeit bedeutete: Ich gefiel ihr nicht. Ich weiß nicht warum, aber das machte mich wütend. Das und alles Übrige, ihre Versponnenheit, ihre aufreizende Naivität, ihre alberne Mütze und ihre Nase, die immer weiter lief und die sie ab und zu mit einer nassen Serviette abwischte.

Dieses Mädchen war wie Alufolie zwischen zwei Zahnkronen, wie eine Papierschnittwunde am Zeigefinger, ein rissige Lippe, die immer wieder aufgeht, wenn man lacht. Etwas völlig Belangloses, das aber unheimlich nerven kann.

Ich hatte Lust sie zu schütteln, sie zu zerkrümeln, sie zu zerkratzen.

Ich sagte: »Du machst den Leuten etwas vor. Du gibst ihnen das Gefühl, sie hätten dir geholfen, aber das ist alles Blech, du brauchst eigentlich gar nichts. In Wirklichkeit verarschst du sie.«

»Nein, überhaupt nicht!«

»Doch. Du simulierst, du manipulierst. Du spielst mit ihren Gefühlen. Ich finde das erbärmlich.«

Und das war noch ein schwaches Wort. Sie tat mir leid. Ihr Leben musste wirklich eine Wüste sein, dass sie ihre Zeit derart verschwendete.

Jasmine wirkte enttäuscht.

»Nein, das ist es nicht, du verstehst das nicht! Es gibt so viele Menschen, mit denen nie jemand spricht, die glauben, zu nichts mehr nutze zu sein. Ich helfe ihnen, sich selbst ein bisschen mehr zu lieben, das ist alles.«

»Ach so, okay ... Dein Ding ist also, die Welt zu retten, ja? Du bist überzeugt, dass die Leute, wenn sie dich trösten kommen, schlagartig besser drauf sind?«

Jasmine lächelte.

»Ja.«

»Na klar!«, höhnte ich.

»Es funktioniert! Ich weiß, dass es funktioniert. Es ist mir selbst passiert, mit dem Jungen damals, als er seinen epileptischen Anfall bekam. Mir ging es echt total schlecht, bevor ich mich um ihn gekümmert habe, und danach habe ich mich den ganzen Tag federleicht gefühlt. Das hält natürlich nicht ewig vor, das weiß ich auch. Aber ich sage mir eben, dass man jedes Mal, wenn man lächelt, etwas gewonnen hat.«

»*Wogegen* gewonnen?«

»Ich weiß nicht ... Gegen die Tage, an denen man nicht lächelt?«

Albern.

Ich sagte ihr, Glück lasse sich nicht ansparen wie Kleingeld in einem Sparschwein, man könne es nicht beiseitelegen für schwierige Zeiten. Und mich würde ihre Therapie durch gute Taten nicht besonders überzeugen. Die Idee sei ja nett, aber ich glaubte nicht an Wunder.

Dann fragte ich sie noch einmal, was es *ihr* denn bringe, wenn sie stundenlang durch die Straßen lief und heulte, um das Mitleid der Passanten zu wecken.

»Ich verstehe nämlich immer noch nicht, worin dein Interesse an der Sache liegt«, sagte ich. »Du musst doch einen Grund haben, so was zu machen.«

»Ich sehe gern frohe Menschen.«

Ich tat, als würde ich einer Geige sentimentale Töne entlocken. Sie lächelte mich wieder strahlend an. Dann stand sie auf und sagte: »So, ich geh jetzt meine Hunde frisieren, um vier Uhr fange ich wieder an. Tschüs.«

Sie küsste mich auf die Wange, verließ das Café und ging davon, ohne sich umzudrehen, und da wurden mir zwei Dinge klar: Ich kannte ihren Nachnamen nicht, und kaum war sie weg, fehlte sie mir schon.

Siebenundsechzig Hundefriseursalons.

Es war wirklich bestürzend, wie viele schlecht frisierte Hunde in Paris unterwegs waren. Bestürzend auch, wie viele Stunden ich durch Paris laufen und mit der Metro fahren müsste, wenn ich all diese Läden aufsuchen wollte, um Jasmine wiederzufinden. Und ich hatte keine Ahnung, wie ich reagieren würde, oder sie, wenn wir uns plötzlich gegenüberstünden.

Ich war mir nicht einmal sicher, ob ich sie wiedersehen wollte. Ob ich es *so sehr* wollte.

Nein, ich würde besser erst einmal versuchen, telefonisch herauszufinden, wo, an welchen Tagen und zu welchen Uhrzeiten sie ihre Hündchen badete und bürstete. Erst danach würden wir uns wiedersehen – rein zufällig natürlich, wie in schlechten Filmen so üblich. Und vielleicht würde sie mir dann einfach nur auf den Wecker gehen, und mit ein bisschen Glück wäre der Zauber total verflogen. Ich nutzte also meine freie Zeit im Ministerium dazu, alle diese Salons durchzutelefonieren, die samt und sonders unsägliche Namen trugen: *Der gestiefelte Hund, Wie Hund und Katz, Tierisch schön …* Eine wahre Anthologie der Hundepoesie.

Ich fragte, ob ich Jasmine sprechen könne.

Wenn man mir antwortete: »Wen?«, legte ich enttäuscht und etwas erleichtert wieder auf.

Ich hatte nicht die geringste Lust, mich zu verlieben. Das war mir nicht mehr passiert, seit ich fünfzehn war, und es gab keinen Grund, daran etwas zu ändern. Ich hatte nicht einmal mehr vier Jahre vor mir, d. h. mir blieb kaum noch Zeit, es war zu spät, um Pläne zu schmieden. Schlimmer noch, wenn ich dummerweise anfangen sollte, sie zu lieben, dann gäbe es jemanden, den ich vermissen würde, dann würde ich mich ans Leben klammern, wenn es so weit wäre, mich weigern, das Geländer loszulassen, und alles würde noch schwieriger werden.

Also: Nein.

Im übrigen war es überhaupt nicht gesagt, dass ich diesem Mädchen gefiel, das quietschverrückt und viel zu jung für mich war. Und dazu nicht einmal schön. Dieses Dahergerede, als wäre sie ein alter Schamane, dieser unerträgliche Enthusiasmus, dieses Lachen in den Augen, dieser Ausdruck vollkommenen Glücks, das alles war nichts für mich.

Ich war endlich zynisch und verknöchert geworden, ich hatte zweiunddreißig Jahre gebraucht, um das zu schaffen – da kam es nicht in die Tüte, etwas daran zu ändern.

Siebenundsechzig Hundesalons, siebenundsechzig Flops. Von Jasmine keine Spur.

Sie hatte mir wohl Märchen erzählt, sagte ich mir. Sie arbeitete gar nirgends, wahrscheinlich war sie einfach völlig plemplem. Wahrscheinlich machte sie nichts anderes, als mit ihrer roten Nase und ihren tränennassen Augen durch die Stadt und ihre Umgebung zu tigern.

Die Umgebung. Das war es. Ich musste sie in der Vorstadt suchen. Die Vorstadt ist ein weites Feld. Jasmine war irgendwo in den Gelben Seiten versteckt wie eine Nadel im Heuhaufen. Ich musste sie nur suchen.

Es dauerte bloß drei Tage.

Der Salon hieß *Für alle Felle*, er war anderthalb Stunden mit der Metro entfernt.

Am Telefon hatte mir eine sanfte weibliche Stimme geantwortet, Jasmine sei an diesem Morgen nicht da, aber sie arbeite: *montags, dienstags und donnerstags von zehn Uhr dreißig bis neunzehn Uhr, und freitags ab sechzehn Uhr, bitte sehr, Tschühüüüs!*

Es war Mittwoch.

Ich hatte es noch nie so eilig gehabt, älter zu werden.

Sakrileg und Chihuahua

Für alle Felle – Inhaber Fernando Bautista – war ein Salon für »sanfte Pflege und individuelles Styling« und komplett in Lila- und Rosatönen gehalten.

Die sanfte weibliche Stimme vom Telefon gehörte besagtem Fernando, einem kleinen dunkelhaarigen Mann, behaart wie ein Angorabär, der hinter einer Theke voller Hundespielzeug, Hundekosmetika und strassbesetzten bunten Flohhalsbändern thronte. Er schrieb gerade Termine in ein großes, mit lila Plüsch bezogenes Buch. Als ich ihn fragte, ob Jasmine da sei, flötete er, ohne aufzublicken: »Aber jaaa! Haben Sie einen Termin? Zum Bürsten, Trimmen, Scheren?«

Und ohne die Antwort abzuwarten, rief er über die Schulter: »Jasmine, für diii-ich!«

Immer noch ohne mich anzuschauen, deutete er auf das Wartezimmer und fügte noch hinzu: »Sie wird bald fertig sein. Setzen Sie sich doch, sie kommt Sie gleich holen!«

Ich setzte mich in einen unbequemen Sessel aus rosa Kunstleder, neben eine mit Schmuck behängte Dame, die einem Chihuahua mit vorquellenden Augen etwas ins Ohr flüsterte.

Die Dame schaute mich überaus freundlich an. In

Anbetracht der Tatsache, dass ich keinen Hund dabeihatte, fragte sie mich: »Kommen Sie Ihren abholen? Um meinen kümmert sich immer Fatou. Er lässt es sich nur von ihr gefallen, vor allem das Ausdünnen der Ohren. Er hat nämlich Charakter, müssen Sie wissen! Nicht wahr, mein Schatz, wir haben Charakter?!«

Um ihre Rede zu bestätigen, fing das scheußliche kleine Viech an, mich schrill anzukläffen. Ich lächelte die Dame verständnisvoll an, nahm eine Zeitschrift und begann, einen hoch spannenden Artikel über Zahnsteinentfernung beim älteren Hund zu lesen und dabei *Le Youki* von Richard Gotainer vor mich hin zu pfeifen.

Als mir mein Sakrileg bewusst wurde, hörte ich sofort damit auf, mit dem Ergebnis, dass der Liedtext mir nicht mehr aus dem Kopf ging.

À qui c'était les papattes poilues?
Et la queue-queue, hein, c'était à qui?
C'est à Youki la queue-queue qui remue …

Wem gehören sie denn, die haarigen Pfötchen?
Und das süße Schwänzchen, na, wem gehört das?
Youkis Schwänzchen wedelt da …

In dem Moment ging die Tür auf, und es kam ein Mann herein, im besten Alter für eine Zahnsteinentfernung.

»Ah, Sie kommen genau richtig!«, säuselte Fernando. »Er ist gerade fertig geworden, ich wollte Sie gleich anrufen. Fatou, Monsieur Bélanger ist da, um Flamenco abzuholen!«

Er schlug in seiner Kartei nach und nagte dabei an seinem Daumennagel.

»Also, was hatten wir heute … Flamenco … Flamenco … Ah, da ist er ja: Flamenco! Vorschur, Ohrenzupfen, Zähneputzen, Bad, Trocknen und Modeschur. Wir haben vor dem Fönen mit der Schere nachgearbeitet. Er hatte es nötig, kann ich Ihnen sagen! Aber die Krallen haben wir diesmal nicht geschnitten, sie waren noch vom letzten Mal kurz …«

Er drehte sich zu den Kabinen um.

»Fatou? Was ist denn, Fatou?! Monsieur Bélanger wartet auf Flamenco!«

Eine große, träge junge Frau kam mit einem weißen Pudel heraus, der an der Leine zog und nach Ananas und Kokosnuss stank. Man hatte ihm das Hinterteil rasiert und einen dicken Bommel am Schwanzende und eine Löwenmähne stehen gelassen, trotzdem kam er sich lächerlich vor, wie man an seinem gedemütigten Blick deutlich ablesen konnte.

»Da ist er ja!«, schwärmte Fernando. »Na, ist er nicht bildschön?«

»Superb«, sagte der Kunde. »So gut wird er nur bei Ihnen gestylt!«

Le plus neuneu, hein, c'était qui?
C'est qui c'est qui le plus cucul des deux?

Wer ist denn hier der Albernste, wie?
Wer ist der Tütteligste von beiden?

Fernando plusterte sich geschmeichelt auf, er hielt dem Kunden eine Papiertüte mit dem Logo des Ladens hin – Keulenknochen vor Hundeschnauzen – und flüsterte verschwörerisch: »Wir haben gerade eine neue Pflegeserie reinbekommen, die nach exotischen Früchten duftet, ich habe ihn damit parfümiert und gebe Ihnen ein paar Pröbchen mit. Nächstes Mal sagen Sie mir, wie sie Ihnen gefällt, ja? Das macht dann fünfundvierzig Euro.«

Der Kunde ging mit seinem Pompadour-Pudel hinaus, der vor lauter Verzweiflung ans Schaufenster pinkelte.

Die Dame gab ihren Schoßhund in Fatous fachkundige Hände, und da kam endlich Jasmine aus einer der Kabinen. Sie wirkte nicht einmal überrascht, als sie mich sah, und fragte: »Hast du einen Hund?«

»Nein.«

Die Dame schaute mich vorwurfsvoll an. Ich entschuldigte mich mit einem Schulterzucken.

»Okay«, sagte Jasmine. »Ich arbeite bis neunzehn Uhr. Kommst du mich dann abholen?«

Ich fragte mich, ob für sie immer alles selbstverständlich war.

Und ich antwortete ihr: »Ja.«

Bei unserem dritten Rendezvous landete ich in Jasmines Bett. Dabei bin ich sonst nicht so von der schnellen Truppe.

Ich versagte kläglich. Sie unternahm keine sinnlosen Versuche, mich zu trösten, sagte nicht, das könne jedem mal passieren und sei doch nicht schlimm. Sie küsste mich nur auf die Wange und sagte: »Wenn es dir nichts ausmacht, will ich jetzt lieber schlafen. Ich muss morgen früh raus.«

Ich verbrachte die Nacht auf der Kante ihres Einzelbetts und wagte nicht, auch nur einen Zeh zu bewegen, während Jasmine, die Nase in meinen Brustmuskeln vergraben, die weicher und bequemer sind als ein Daunenkissen, leise vor sich hin schnarchte wie ein auf dem Herd köchelnder Eintopf.

Jasmine lebte in einer schlecht geheizten Altbauwohnung, sechster Stock ohne Aufzug, mit Blick auf den Hof samt Müllstellplatz und Mcdonald's-Ausdünstungen im Treppenhaus, was ein ernsthafter Trennungsgrund hätte sein können, da wird mir jeder recht geben. Und doch kam ich gleich am nächsten Abend wieder. Sie wirkte nicht überrascht.

Ich glaube, es dauerte eine Woche, bis ich es schaffte,

mit ihr zu schlafen, und auch dann nur mit knapper Not, unbeholfen und husarenmäßig. Es schien ihr nichts weiter auszumachen.

Ich sagte mir, dass sie vielleicht frigide war. Das denken Männer immer, wenn sie sich ungeschickt anstellen.

In Wirklichkeit war es so, dass Jasmine sich die Zeit nahm, zu leben und vor allem leben zu lassen. Nach einer Weile habe ich meine Fähigkeiten dann schließlich wiedererlangt und ihre unglaublichen Talente entdeckt, sie war ein wahres Wunder an Sanftheit und Zärtlichkeit.

Ich wusste nicht, ob sie in mich verliebt war. Heute wird mir bewusst, dass ich mir diese Frage nie direkt stellen wollte. Und ihr auch nicht. Sie hätte mir geantwortet, und darauf legte ich keinen Wert. Jasmine war nicht wie die paar anderen Mädchen, mit denen ich vor ihr zusammen gewesen war. Wenn wir uns verabschiedeten, fragte sie mich nie, wann wir uns wiedersehen würden. Wenn ich vorbeikam und sie abholte, schien sie sich zu freuen. Wenn ich nicht kam, fragte sie nicht, warum. Ich war noch nie jemandem begegnet, der so zuverlässig und ganz ohne Unsicherheiten er selbst war. Ihre thermonukleare Ehrlichkeit erschreckte und bezauberte mich zugleich. Oder behexte mich vielmehr.

Sie war nicht die Art von Mädchen, denen man Fragen über sich selbst stellen kann, die eine höfliche Antwort verlangen. Wenn ich sie gefragt hätte: »Wie findest du mich?«, hätte sie geantwortet: »Dick.«

Sie hätte das nicht gesagt, um mich zu kränken, sondern weil es die Wahrheit war und weil sie es nicht weiter wichtig fand.

Nassardine steht auf, um sich einen Kaffee zu machen. Er wiederholt gerührt: »Ah, Jasmine …! Das war ein verrücktes Huhn! Aber so anmutig!«

Anmutig.

Ja, das ist ein schönes Wort, als wäre es extra für Jasmine erfunden worden. Es gibt noch andere alte Wörter, die kaum noch gebraucht werden, aber gut zu ihr passen: schalkhaft, verschmitzt, neckisch, schelmisch.

Weder schön noch hübsch, aber so viel mehr als das.

Ich glaube, endgültig habe ich mich an dem Tag in sie verliebt, an dem ich sie Paquita und Nassardine vorstellte. Sie mochten sie auf Anhieb, und das überzeugte mich vollends. Ich gehöre wohl zu den Menschen, die so wenig Selbstbewusstsein haben, dass sie die Zustimmung ihres gesamten sozialen Umfelds brauchen, um es sich zu gestatten, frei zu lieben.

Sie sahen sie schon von weitem ankommen, in ihrem Glöckchenfee-Look, ihren weiten, unförmigen bunten Hosen und der Pudelmütze auf dem Kopf.

Sie sagte, sie liebe Crêpes, und bewies ihnen sogleich, dass das völlig ernst gemeint war. Sie verschlang zwei Titanics *(Kartoffeln-Zwiebeln-Speck-Sahne-Kuttelwurst)*. Und Paquitas Titanics sind nicht von schlechten Eltern. Danach schwankte sie zwischen einer Süßen Verdammnis *(Banane-geschmolzene Schokolade-Vanilleeis-Spekulatius)* und einer Süßen Verführung *(Apfel in Salzbutterkaramell-Makronen)*, und Paquita fragte sie beeindruckt und auf ihre zierliche Taille, Kleidergröße 34, linsend: »Wo steckst du das alles nur hin?«

Dann: »Wird dir auch nicht schlecht werden?«

Und: »Magst du nicht vielleicht lieber eine nur mit Zucker, etwas Leichtes zum Abschluss?«

»Dann aber mit viel Schlagsahne«, antwortete Jasmine. »Und ich nehme auch gerne einen Kaffee, wenn Sie einen haben?«

Ich erschauderte – ich hatte nicht daran gedacht, sie vorzuwarnen.

Zu spät, Nassardine stürzte schon mit einem strahlenden Lächeln auf seinen Alutopf zu, um sein grausiges Gebräu aufzusetzen. Jasmine trank ihre Tasse kommentarlos leer.

Nassar und Paquita wechselten einen flüchtigen, stummen Blick. Und ich las in ihren Augen, dass diese Frau die Richtige für mich war.

Bevor ich Jasmine begegnete, war ich fest entschlossen, mich an das zu halten, wozu ich mich selbst verpflichtet hatte: Ich würde nie mit jemandem zusammenleben.

Jedenfalls nicht jeden Tag.

Und nun fühlte ich mich plötzlich weicher als ein Stück Butter, das man vergessen hat, zurück in den Kühlschrank zu stellen. Wenn Jasmine ein bisschen darauf dringen würde, bei mir einzuziehen (oder ich bei ihr, egal), wäre ich allmählich bereit, mir Gewalt anzutun, ich würde alle guten Vorsätze in den Wind schießen, schließlich sind nur Dummköpfe nicht in der Lage, ihre Meinung zu ändern. Aber Jasmine drang nicht darauf.

Sie nahm jeden Tag, wie er kam, ohne sich unnötige Fragen zu stellen. Der Gedanke an die Zukunft streifte sie nicht einmal.

Sie ging weiter in die Stadt, um zu weinen, wenn ihr danach war, und ich ließ sie gewähren. Sie hatte versucht, mich davon zu überzeugen, dass es dem eigenen Wohlbefinden zuträglich war, sich um andere zu kümmern. Ich war ausgewichen und hatte gesagt, ja, sicher, eines Tages, bei Gelegenheit, mal sehen, warum nicht …

Aber ich glaubte keine Sekunde daran. Ich fand es

hirnrissig. Und auch wenn Jasmine fest davon überzeugt war, dass das Glück eine Welle ist, die sich durch Übertragung verbreitet, war ich, auf globaler Ebene, nicht von der Wirksamkeit ihrer Aktion überzeugt.

Jasmine hatte dabei keine Hintergedanken. Keinerlei Eigeninteresse. Sie redete nie mit irgendjemandem über diese flüchtigen Begegnungen, außer mit mir, da ich sie ja dabei gesehen hatte. Sie stellte ihr gutes Herz nicht zur Schau, wie es Leute tun, die einem ganz nebenbei in allen Details erzählen, was sie alles für die Wohltätigkeit tun, wie viel sie spenden, wann und wem.

Jasmine liebte die Menschen. Ohne etwas dafür zu erwarten.

Auch wenn sie nicht gerade weinend auf Bänken saß oder arme Hündchen schor, fehlte es ihr nie an Beschäftigung. Samstagabends bediente sie in einem elsässischen Bierlokal, in entsprechender Verkleidung: weiße Bluse, schwarze Schürze, knallroter Unterrock und auf dem Kopf eine riesige schwarze Schleife, die aussah wie Mickymausohren, aber nicht einmal damit wirkte Jasmine lächerlich. Mittwochs war sie Verkäuferin in einem Vintage-Laden, der untragbare Klamotten führte, wie sie sie mochte. Und an einem oder zwei Abenden im Monat, je nach Programm, arbeitete sie als Platzanweiserin in einem Off-Theater. An diesen Abenden zog sie ein kleines Schwarzes an, das sich eng um ihre schmalen Hüften schmiegte und sie aussehen ließ wie eine Vanilleschote, sodass ich bei ihrem bloßen Anblick Hunger bekam. Sie sagte: »Hast du gesehen, ich gehe als Edith Piaf!«

Sie lachte und trällerte mit scheppernder Stimme: *À quoi ça sert l'amour?* – Wozu ist die Liebe gut? –, und ich entdeckte, dass ich bis über beide Ohren verliebt war in diesen kleinen Spatzen von Paris, dieses Mädchen, das an die Freundlichkeit glaubte, sich von Keimlingen, Cheesecake, *Nuts*-Riegeln und Sojasteaks ernährte und sich kleidete wie ein Kobold, der geradewegs vom Mond auf der Erde gelandet war.

Und in der übrigen Zeit, die sie nicht mir widmete, machte sie Hüte.

Sie hatte begonnen, selbst welche anzufertigen, weil sie die Modelle, die sie suchte, nirgends fand. Was nicht besonders erstaunlich war, wenn man sich das Ergebnis anschaute. Ihre Hüte waren voller Vogelfedern, Perlen, Spiegelchen, Sprungfedern, Muttern, Schlüssel, Kordeln, Playmobil-Figuren, Spitze und sorgsam ausgeschnittener, gefalteter, gebogener, zusammengeklebter Blechstücke. Das Hütemachen war zu einer Leidenschaft geworden. Sie arbeitete gern nach Themen und gab jedem ihrer Werke einen Namen. Sie hatte eine »Zauberer von Oz«-Serie: Löwenhut mit Mähne und Krallen, Vogelscheuchenhut aus Stroh mit lauter Vögeln drauf, Blechmannhut aus Blech, Hexe des Westens, Dorothy und noch einige mehr; die »Peter Pan«-Serie mit dem Glöckchenhut, dem Peter-und-Wendy-Hut, dem Nimmerland-Modell und dem Kroko-Ticktack (mit einer großen Taschenuhr zwischen den Zähnen); und auf ihrem Kleiderschrank thronte ein Mary-Poppins-Hut, kostbar, verschnörkelt, hergestellt aus einem zweckentfremdeten Sonnenschirmchen.

Zumeist betrachtete Jasmine diese Kreationen als Prototypen. Zu meiner Erleichterung trug sie sie nicht, sie stapelten sich in einem bunten Durcheinander auf ihren Möbeln und Regalen.

Sie herrschte über ein kleines Reich an Bastelkram, den sie aus Mülltonnen und auf Flohmärkten zusammensammelte: verschiedenste Hütchen und Deckel, Kappen und Mützen, alte Wandbehänge und Stoffreste, Schnürsenkel, Knöpfe, Bänder. Das Ganze war gemäß einer undurchschaubaren persönlichen Ordnung in Schuhschachteln aller Marken und Größen sortiert, die sie ebenfalls irgendwo auflas. Manchmal ging sie morgens um sechs auf Schatzsuche, bevor die Müllabfuhr kam, und kehrte dann mit Taschen voller Wunderdinge zurück: kaputte Halsketten, ausrangiertes Spielzeug, künstliche Blumen. Sie konnte Stunden damit zubringen, über eine neue Form oder Komposition nachzudenken. Ich sah ihr dabei zu, beneidete sie um ihre Leidenschaft und bewunderte sie auch dafür.

Eines Tages schenkte sie Paquita einen Hut, den sie speziell für sie entworfen und den »Nassarpaqui« getauft hatte. Es war eine Art Toque, bezogen mit Leopardenmusterstoff und rosa und blauer Spitze, gekrönt von einer kleinen Shisha aus Plastik und ringsherum geschmückt mit einem Reigen von Barbiestöckelschuhen und Dromedaren in Plastikfolie, die sie aus der Camel-Werbung ausgeschnitten hatte. Paquita wurde ganz rot vor Rührung darüber, dass man ihr etwas schenkte, doch gleich darauf erbleichte sie beim Gedanken, dass sie den Hut tragen müsste. Mit eingeschüchterter Miene setzte sie ihn sich behutsam auf den Kopf. Erstaunlicherweise stand er ihr nicht schlecht.

»Du bist schön wie die Königin von England«, sagte ich.

»Ich hatte schon immer ein Hutgesicht.«

Ich erwiderte, das sei besser als ein Ohrfeigengesicht. Sie runzelte die Stirn. Ich lächelte sie strahlend an.

»Er steht mir wirklich gut«, fuhr Paquita fort, während sie sich verrenkte, um sich in dem kleinen Spiegel zu bewundern, der im Wagen hing.

Dann: »Ich kann es so nicht richtig beurteilen, aber ich finde, er gibt mir einen gewissen Stil.«

Sie drehte sich zu Jasmine um: »Du hast Talent, weißt du das? Warum verkaufst du deine Teile nicht?«

»Paquita hat recht, du hast goldene Hände«, pflichtete ihr Nassardine bei.

Ich erinnere mich, dass Jasmine mit den Achseln zuckte und bescheiden antwortete: »Nein, nein … Das sind nur so Ideen, die mir kommen.«

Jasmine und ich waren so heillos weit voneinander entfernt wie die Eins und die Sechs auf einem Würfel. Sie redete nie von sich, von ihrer Kindheit, ihrer Familie – als würde ihr Leben jeden Morgen neu beginnen. Die Vergangenheit hatte für sie keine Bedeutung. Sie tat nicht geheimnisvoll oder war verschlossen, nein, sie lebte einfach im Augenblick. Vielleicht noch in der nahen Zukunft. Und diese nahe Zukunft ließ mir das Blut in den Adern gefrieren.

Ich verstand ihre Art zu denken nicht, und sie dachte über meine nicht einmal nach. Sie wirkte die ganze Zeit aufgedreht und fröhlich, und ich hing ständig herum und war traurig. Sie baute Luftschlösser, ich rechnete und zählte. Sie war die Grille, verschwenderisch und sorglos, ich war die Ameise, die an Worten sparte und mit dem Herzen geizte. Ich hatte Gewissheiten, sie glaubte an Dinge.

Ich würde eines Tages sterben. Sie lebte die ganze Zeit.

Vielleicht war es das, was ich am meisten an ihr liebte. Dieses übersprudelnde Leben, das sie mit einer Aura von Wünschen und Verlangen umgab. Ich lebte mehr und besser, wenn ich mit ihr zusammen war. Sie flößte mir neue Energie ein. Meine Begegnung mit ihr hatte die trostlose Bahn, auf der ich kreiste, in den unberechenbaren Lauf einer Flipperkugel verwandelt.

Jasmine beim Leben zuzuschauen, von Tag zu Tag und ohne Morgen, versetzte mir jedes Mal eine Art Elektroschock. Sie trug ihre wunderlichen Hüte und ihre weiten Elfenmäntel durch die Straßen der Stadt spazieren. Bei ihrem Anblick konnten anonyme, trübselige Passanten plötzlich wieder lächeln und sich selbst wertschätzen. Und ich … Warum blieb sie bei mir? Ich hatte niemals geliebt, nie jemandem geholfen, ich war schon fast ein Gespenst, ein grauer formloser Schatten. Ich steckte in einem kleinen Leben fest, das kaum atmete, in einem winzigen Leben mit verschleimten Bronchien. Ich brauchte Luft, Raum, Atem. Ich verlor sinnlos meine Zeit, dabei hatte ich wirklich keine übrig.

Um ihr die Lebensfreude ein wenig zu verderben – denn nichts ist unerträglicher als Leute, denen es gut geht –, hatte ich am Anfang wohl versucht, Jasmine auf den Boden der Wirklichkeit herunterzuholen und als guter Pessimist ihre Illusionen zu torpedieren. Ich brachte Argument um Argument vor, aber es war nichts zu machen, sie glaubte an so alberne Dinge wie Großzügigkeit, Selbstlosigkeit, Liebe. Ihre Zuversicht war wie aus Teflon. Meine kleinlichen Argumente, meine giftigen Einstellungen glitten an ihr ab, ohne je haften zu bleiben. Und dann stand ich mit meinem Defätismus allein da, meiner Selbst und meines Trübsinns müde. Denn durch den Kontrast zu ihr wurde mir bewusst, dass ich im Lauf der Jahre genauso düster und sarkastisch geworden war wie mein Vater.

Sie verstand das nicht.

»Warum suchst du dir nicht eine andere Arbeit, wenn du dich im Ministerium langweilst? Was würdest du denn gern machen? Wozu hättest du Lust?«

Am Leben zu bleiben, hundert oder noch älter zu werden, statt sehr bald an meinem Geburtstag zu sterben. *Das* war es, was ich wollte. Das und nichts anderes.

Und daran war sie schuld. Sie allein.

Ihretwegen liebte ich das Leben mehr und mehr, es war eine Katastrophe, denn die Vorstellung, sterben zu müssen, wurde dadurch unerträglich. Aber wozu träumen? Und wie sollte ich ihr meine täglichen Ängste und meine Erblast erklären, die so schwer auf mir lastete wie ein Amboss oder ein Klavier? Auch wenn ich mir sagte: Wenn es einen einzigen Menschen auf der Welt gab, der meine Geschichte glauben könnte, dann war das Jasmine. Sie war verrückt genug.

Ich musste es ihr sagen. Ich habe es versucht.

Eines Samstagabends war das elsässische Bierlokal, in dem sie bediente, wegen Renovierung geschlossen, und da dachte ich, das wäre doch ein Startfenster, wie man in der Raumfahrt sagt. Die optimalen Bedingungen zur Einleitung von Vertraulichkeiten waren auf wundersame Weise alle gegeben: Ich fühlte mich voller Schwung und Harmonie, wir hatten gerade einen Abend im Restaurant, Kino und Bett verbracht, alles war angenehm und gut, es war der ideale Moment, um alles zu sagen.

Ich fasste in groben Zügen die Geschichte meiner Familie zusammen, diese Mythologie des Verrats voller Bidets, Granaten, Gewalt, sturer Esel, erschlagener, ertrunkener, zerfetzter, vom Blitz oder vom Herzinfarkt gefällter Männer.

Ich sprach nüchtern und präzise, sodass meine Erzählung wohl eher einem Notarbericht als einer mitreißenden Odyssee ähnelte.

Jasmine hörte mir mit gespannter Aufmerksamkeit zu. Als ich fertig war, legte sie eine Hand auf meine.

Dann meinte sie lächelnd (aber sie lächelte oft): »Ach so, jetzt verstehe ich ...!«

Und während ich sie mit vor Ergriffenheit glänzenden Augen betrachtete – ich hatte gerade den Deckel des Schweigens zerbrochen, unter dem ich seit meiner Kindheit gefangen war –, fügte sie begeistert hinzu: »Du schreibst also einen Roman! Warum hast du mir das nicht früher gesagt? Ich weiß nicht genau, worauf deine Geschichte hinauslaufen soll, aber ich finde sie jedenfalls toll.«

Was hätte ich in dem Moment tun sollen?

Nach Hause gehen und die Fotoalben holen, sie ihr zusammen mit meinem Stammbuch und dem meines Vaters auf den Tisch knallen? Sie zwingen, die spiralgebundene Akte mit allen Dokumenten, die ich im Internet gefunden hatte, zu lesen? Sie mit zu meiner Tante schleifen – die ich ansonsten nur noch zum Muttertag besuchte – und dort »Februar« schreien, kaum dass diese die Tür öffnete, um Jasmine zu zeigen, wie meine Tante sich vor Verzweiflung wand und die Haare ausriss?

Aber wozu das alles? Ich tat, was ich konnte und was mir am ähnlichsten sah: Ich lächelte dämlich, setzte ein inspiriertes Gesicht auf und gab zu, dass ich nur für das Schreiben lebte und vorhatte, diesen Weg weiterzuverfolgen.

Am nächsten Tag ging ich los, um mir ein Pack Papier, Stifte und einen Drucker zu kaufen – das schien mir das Minimum zu sein. Wenn Jasmine unverhofft bei mir auftauchen sollte, könnte sie feststellen, dass ich ausgerüstet war. Wenn sie darum bäte, ein paar Seiten lesen zu dürfen, bräuchte ich ihr nur zu sagen, dass ich seit einiger Zeit im Büro arbeitete, weil ich mich zu Hause nicht mehr konzentrieren könnte. Wenn sie weiter drängte, würde ich behaupten, ich könnte ihr nichts zeigen, solange es nicht fertig war, so sehr sie mich auch anflehte. Und wenn sie dann immer noch nicht lockerließe, würde ich ihr den verzweifelten Autor vorspielen: Ich hätte kein Talent, wozu weitermachen, ich hätte tags zuvor alles in den Müll geschmissen.

Man sollte mich in Frieden sterben lassen.

Aber Jasmine hat nie darum gebeten, irgendetwas lesen zu dürfen. Den Drucker habe ich irgendwann verkauft.

Ich habe nie wieder davon angefangen.

Familiengeheimnisse sind schwarze Spinnen, die uns mit einem klebrigen Netz umweben. Wir geraten immer tiefer hinein, irgendwann sind wir gefesselt, geknebelt, gefangen. Unfähig, uns zu regen, zu reden.

Zu leben.

Seit Jahren wachte ich als Decime auf, atmete ich als Decime. Ich ging, ich aß als Decime, ich schlief als Decime ein. Ich würde als Decime sterben, durch einen dämlichen Unfall.

Und es gab keine Hoffnung.

Aber zum ersten Mal fand ich mein Schicksal ungerecht und empörend.

Die Decimes? Sollten sie doch krepieren.

Wo war in der ganzen Geschichte Mortimer geblieben?

»Warum hast du Jasmine denn nicht behalten?«, wundert sich Nassardine, eine Spur vorwurfsvoll. »Wir mochten sie gerne, Paqui und ich.«

Wie stellt man es an, jemanden zu »behalten«? Das soll mir mal jemand erklären.

Als könnte man eine Option auf einen Menschen erwerben, eine Art offizielles Recht geltend machen, das einem seine Liebe für immer sichern würde, das exklusive Nutzungsrecht seines Körpers, seines Herzens, seines gesamten Lebens, als Volleigentum.

Die Menschen machen, was sie wollen, sie bleiben oder sie gehen. Niemand gehört irgendjemandem, niemals.

Nassardine versteht nicht so richtig, was ich ihm zu sagen versuche, das sehe ich an seinen Augenbrauen, die ein Eigenleben haben und ihre Meinung zum Ausdruck bringen, auch wenn er schweigt. Aber ich spreche in einer ihm fremden Sprache, ich weiß: Die erste Frau, die er wirklich geliebt hat, ist auch die letzte und die einzige, seine hübsche Pâquerette, sein Tausendschön.

In einem Nassar-Paqui-Leben erscheint alles einfach, nehme ich an.

In einem Mortimer-Leben versteht sich nie irgendetwas von selbst, vor allem nicht das Glück.

Eines Morgens beim Aufwachen, als wir genau seit elf Monaten, fünf Tagen, einer Stunde und sechs Minuten zusammen waren, fragte mich Jasmine: »Hättest du Lust mitzukommen?«

Ich wollte sie gerade fragen, in welches Café, welches Kino, wohin?, als sie hinzufügte: »Ich ziehe nach New York.«

Ich krächzte: »Was?!«

Sie sagte: »Freunde von mir haben gerade in der Upper West Side ein französisches Restaurant eröffnet … Sie sagen, es sei da super. Sie haben mir angeboten, bei ihnen zu arbeiten.«

Was mischten die sich denn einfach in unser Leben ein? Ich hasste sie jetzt schon. Sicher so eine Clique von nervigen jungen Leuten, denen alles gelingt. Voller Projekte, Begeisterung, Vertrauen ins Leben. Diese Typen beschließen eines schönen Morgens beim Frühstück, nach Manhattan abzuhauen, und zack!, mit einem Fingerschnipsen machen sie sich auf, um ihren Traum zu leben, ohne sich weiter den Kopf zu zerbrechen, einfach, weil es ihnen so eingefallen ist: *Wie wär's, wenn wir in Manhattan ein Restaurant aufmachen würden? Jaaa, Mann, voll cool!*

An ihrer Stelle hätte ich erst mal fünfzehn Reiseführer gekauft, Finanzierung und Kredite durchgerechnet, alle möglichen Daten verglichen, Statistiken rauf und runter gelesen. Ich hätte die Kosten für die Reise, die Miete, die Versicherungen ermittelt. Ich hätte gegrübelt bis zur Erschöpfung. Und dann hätte ich natürlich aufgegeben.

Nicht so diese kleinen Arschlöcher.

Jasmine versuchte mir ihre Pläne zu erklären, aber ich war mir nicht sicher, ob ich sie verstehen wollte. Sie würde kellnern und im Restaurant ihre Hüte ausstellen, und wenn sie den Kunden gefielen, würde sie vielleicht einen kleinen Laden eröffnen. Ihre Freunde hatten ein großes Loft in Harlem gemietet, um die 110th Street, *Willst du Fotos sehen?*, und allein das war für sie schon wie ein Traum, sie kam sich vor wie in dem alten Film, der genau da spielt, *Straße zum Jenseits*, mit Anthony Quinn und diesem Lied von Bobby Womack ...

»Doch, doch, das kennst du: *Across 110th Street! Oh look around you, look around you, look around you ...*«

Jasmine lächelte, die Augen in die Zukunft gerichtet. Sie war schon dort. Sah, wie sie durch den Central Park laufen würde, um sich Gospel- und Jazzbands anzuhören und dabei die Eichhörnchen zu beobachten. Ernähren würde sie sich von Cupcakes, Cheesecake und Pastrami.

Central Park ...! Sie geriet ins Träumen. Wahrscheinlich dachte sie an all die Bänke, die sie da finden würde, um auf Englisch zu weinen.

Ich war wie k.o. geschlagen, ich lag mit zerschmettertem Kiefer und dröhnenden Ohren am Boden, der Ringrichter zählte.

… *3* … *4* … *5* … *6* …

Von weither hörte ich mich fragen: »Wann fliegst du?«

… *7* … *8* … *9* …

»In drei Wochen.«

… *10* …

OUT!

Ich hätte toben können, sie mit Vorwürfen überhäufen, aber wozu? Jasmine strahlte, und sie war nicht die Art von Mädchen, denen man Szenen macht. Dazu war sie viel zu nett und zu liebenswert. Ich ertappte mich sogar dabei, mich für sie zu freuen.

Trotzdem wollte ich verstehen, warum.

»Geht es dir hier denn nicht gut ...?«

Gemeint war natürlich: mit mir.

»Doch!«

»Warum gehst du dann?«

Sie lachte.

»Ich will doch nicht mein Leben lang hierbleiben! Ich bin schon sechsundzwanzig, kannst du dir das vorstellen?«

Das konnte ich sehr gut, ich war sieben Jahre älter.

»Ich will noch jede Menge Orte entdecken, jede Menge Leute kennenlernen. Ich könnte morgen sterben, wer weiß? Da brauchst du gar nicht zu lächeln, niemand weiß, wie viel Zeit ihm bleibt.«

Einspruch, Euer Ehren.

Mit knapper Not schaffte ich es immerhin, die lächerlichste aller Fragen nicht zu stellen (»Du hast einen anderen, oder?«), die Frage, die einen in Sekundenschnelle vom Opfer zur Nervensäge werden lässt. Unnötig, in Paranoia zu verfallen, ich war mir sicher, dass sie »niemanden« liebte – oder aber die ganze Welt, was für mich aufs Gleiche hinauslief. Ihr lag sicher etwas an mir, da sie mich ja fragte, ob ich mitkommen wollte, aber wenn ich es nicht tat, wenn ich genug schlechte Gründe fand, es nicht zu wagen, dann würde sie das keine Sekunde lang davon abhalten zu gehen.

Das war Jasmine, so tickte sie.

Sie konnte sich vom Unglück wildfremder Menschen rühren lassen, angesichts eines toten Vögelchens in Tränen ausbrechen, sich zum Schlafen in Löffelchenstellung an mich kuscheln und mich dann sitzenlassen, ohne zu zögern. Nicht aus Gleichgültigkeit, sondern weil sie glücklich sein wollte, und das konnte ich ihr nicht übel nehmen.

Sie war, was ich gerne gewesen wäre, sie lebte das Leben, das ich nicht haben würde.

Normalerweise kommen einem die Tage des Wartens immer länger vor.

Aber diesmal nicht.

Die letzten drei Wochen mit Jasmine schienen unglaublich schnell zu verfliegen, die Tage vergingen in rasendem Tempo, die Stunden rannen mir durch die Finger, ich konnte nichts aufhalten.

Es waren Tage wie ein Steilhang.

Bald würde ich mich von ihr verabschieden, und dann wäre sie nicht mehr da.

Am Abend vor ihrer Abreise packte Jasmine ihre kostbarsten Hüte in Seidenpapier und stopfte sie in ihren Koffer. Die übrigen hatte sie schon an Leute verteilt, die sie gern mochte – darunter eine nach Königspudelmanier geschorene rosa Schapka mit passendem Strasshalsband samt Leine für ihren Exchef Fernando Bautista und ein ganz spezielles Modell für ihre Hausmeisterin, Madame Vigarinho, die stets bereit war, aller Welt einen Gefallen zu tun.

Ein großer weißer Panama-Hut, der mit lauter kleinen Treppen, Schlüsseln, Grünpflanzen, Vogelkäfigen und Briefkästen geschmückt war.

Madame Vigarinho drückte Jasmine so fest an ihr Herz, dass sie kaum mehr Luft bekam, und sagte: »Oh, *minha queridinha! Muito obrigada*, das ist ja so nett!«

»Ich schreibe Ihnen aus New York eine Postkarte, versprochen.«

»Gute Reise, meine Liebe! Pass gut auf dich auf! *Cuida-te!*«

Am letzten Abend schließlich stieg Jasmine in der aufgeräumten Wohnung mit den leeren Regalen auf einen Stuhl und streckte sich, um ein letztes Paket von ihrem Kleiderschrank herunterzuholen.

Sie hielt es mir hin und sagte: »Das ist für dich. Mach es erst auf, wenn ich weg bin, ja?«

Es sah aus wie eine Mischung aus einem Zylinder und einer Melone (oder vielleicht einer Glocke, ich bin kein Experte) aus weichem grau-braunem Filz und war in sorgfältig verklebtes, durchsichtiges Plastik verpackt. Kein Schnickschnack, keine Raffinessen.

Ich sagte »Danke«, mit zugeschnürter Kehle wegen ihres letzten Satzes – *wenn ich weg bin* – und weil ich sehr enttäuscht war. Ich hatte nicht vor, ihn zu tragen, sicher nicht – ich mag keine Hüte und mache mich ungern lächerlich –, und ich konnte mich des Gedankens nicht erwehren, dass sie sich für mich etwas mehr hätte anstrengen können.

Gleichzeitig war ich nicht erstaunt, dieser triste Deckel spiegelte sicher wider, was sie für mich empfand, es war banal und leidenschaftslos, ohne Pailletten oder Träume. An mich zu denken, war sicher nicht sehr inspirierend.

Was ist schon ein Ozean?

Unser letzter Abend kam uns sehr lang vor. Jasmine war ganz mit ihrem Traum beschäftigt, auch wenn ich sah, dass sie sich etwas schuldig fühlte, mich allein zurückzulassen – ich sah es an der Art, wie sie zu mir kam und mich umarmte, wie sie ihre Sätze mit »Wenn du nach New York kommst …« begann und die ganze Sache auf schändliche Weise kleinredete. Sie verließ mich nicht, sie überquerte nur den Ozean, und was ist schon ein Ozean? Sie verstand nicht, wo das Problem war. Ich brauchte ihr doch nur zu folgen. Warum sollte ich denn nicht mitkommen?

Warum? Ich stellte mir vor, wie ich bei ihr in New York aufkreuzte, nur um einige Monate später dort zu sterben. Ich hörte mich schon zu ihr sagen, dass ich kein Waisenkind mit ihr zeugen würde und dass auch ich sie verlassen würde, für immer.

Natürlich würde ich genauso gut (oder schlecht) sterben, wenn ich in Paris blieb. Ob ich hier war oder anderswo, das fabelhafte Schicksal der Decimes würde mich einholen, an einem gar nicht mehr so fernen fünfzehnten Februar um elf Uhr vormittags. Solange ich mit ihr zusammen war, hatte ich das fast vergessen.

Der Schock ihrer Abreise holte mich brutal auf den

Boden der Realität zurück. Mir blieben noch zweieinhalb Jahre, das war etwas zu kurz für ein Leben mit ihr.

Aber ich konnte ihr das alles nicht erklären, sie hatte mir beim ersten Mal nicht geglaubt, und ich hatte kein Quäntchen Mut mehr übrig. Ich hätte ihr nur so gern sagen wollen, wie sehr ich sie liebte, wie sehr sie mir fehlen würde, wie sehr ich jetzt unter ihrer Abwesenheit litt, denn sie war schon weg, das las ich in ihren Augen, auch wenn sie neben mir lag. Aber ich mag keine Melodramen, das mochte ich noch nie. Ich spielte ihr lieber den Typen vor, der abserviert wird, aber alles mit philosophischem Gleichmut hinnimmt und ein guter Freund bleibt – man wird sich doch deswegen nicht verkrachen –, auch wenn ich meinen Schmerz am liebsten hinausgeheult hätte wie ein armer Kojote und sie mit den Laken gefesselt hätte, um sie daran zu hindern, mein Bett zu verlassen.

Jasmine und ich haben uns ein letztes Mal geliebt. Ich fand es zu kurz und nicht unvergesslich.

Es ist komisch, wie einem Lied plötzlich der Sinn, die Seele abhandenkommen kann, wenn die Instrumente nicht mehr gleich gestimmt sind.

Jasmine brauchte Zärtlichkeit.

Ich brauchte Ewigkeit.

Am nächsten Tag begleitete ich Jasmine zum Flughafen, um den Kelch meiner Niederlage bis zur bitteren Neige zu leeren. Sie wirkte begeistert, war so erregt vor ihrer großen Reise. Dennoch schmiegte sie sich im Moment des Abschieds an mich, als wäre sie sehr verliebt. Ich stand mit toten, hängenden Armen da und war vor lauter Angst, zu fest zuzudrücken, unfähig, sie zu umarmen.

Sie sagte noch einmal: »Du hast meine Adresse, verlier sie nicht. Du kommst nach, ja?«

»Was sollte ich denn da drüben?«

Ich hätte für mein Leben gern zur Antwort bekommen: »Mit mir leben, mit mir schlafen, mich niemals verlassen«, oder ähnliches Gesülze.

Aber sie sagte: »Ich weiß auch nicht ... Du könntest an deinem Roman weiterschreiben?«

Zu spät, den Schwindel aufzudecken, es war besser, wenn sie dieses Bild von mir behielt.

Ich antwortete: »Warum nicht?«

Dann schaute ich ihr nach, wie sie in die Abflughalle verschwand. Ich stand noch ein paar Minuten wie angewurzelt da, leer wie ein schwarzes Loch, dann ging ich zurück zum RER-Bahnsteig, ganz langsam für den Fall, dass sie von plötzlicher Reue ergriffen würde und zurückkäme, um sich in meine Arme zu werfen, wie es in guten romantischen Komödien normalerweise passiert. Es ist aber nicht passiert. Das Gegenteil hätte mich auch überrascht.

Nun blieben mir also weniger als dreißig Monate zu leben, und ich würde sie so einsam verbringen wie eine einzelne Socke in einer von Paaren überquellenden Schublade.

Ich stand in der Menschenmenge auf dem Bahnsteig und wartete, mit einem Gefühl, als hätte ich einen Igel im Hals und einen Dolch im Herz stecken.

Als der RER kam, ließ ich mich auf den erstbesten Klappsitz fallen, nahm das Gesicht zwischen die Fäuste und konnte die Tränen nicht mehr zurückhalten, inmitten allgemeiner Gleichgültigkeit. Denn ich war nicht wie Jasmine. Ich konnte mir die Augen ausweinen, ohne dass irgendjemand es bemerkte, es war allen scheißegal.

Plötzlich legte sich eine männliche Hand auf meine Schulter. Es war mein Sitznachbar, ein rotgesichtiger, etwa fünfzigjähriger Mann, der mich besorgt anschaute. Ich musste ihn wohl gerührt haben.

Mit einem traurigen, bereits dankbaren Stimmchen murmelte ich: »Ja? Was ist?«

Er zeigte auf den Boden, mit einem etwas strengen Blick, als wolle er sagen: »Man muss auf dem Boden bleiben, mein Junge, sich nicht gehenlassen, im Hier und Jetzt leben.«

Da ich nicht reagierte, sagte er etwas. Ich verstand ihn nicht gut, die Bahn fuhr gerade in die Gare du Nord ein.

Ich wiederholte: »Ja? Was ist?«

Da sagte er noch einmal lauter: »Könnten Sie Ihren Fuß von meinem Mantel nehmen?«

Pech gegen Glück 1 : 0

Jasmine hatte die letzte Nacht bei mir verbracht. Als ich nach Hause kam, hing noch ihr Parfum in der Luft, im Schlafzimmer, in der Küche, im Bad.

Parfum sollte verboten sein – oder von mir aus, Leute zu verlassen.

Am Abend vorher hatte ich ihr Geschenk mit nach Hause genommen, den ollen braunen Hut in seiner Plastikhülle. Er verhöhnte mich vom Sofa aus. Ich brachte es nicht übers Herz, ihn auszupacken, aber ihn wegzuwerfen auch nicht. Ich steckte ihn in eine Schachtel, die ich unter meinen alten Spielkonsolen verstaute.

Ich musste die Dinge von der guten Seite nehmen, ich hatte doch wirklich Glück: endlich ein echter Liebeskummer.

Ich schaute zum Fenster hinaus.

Ich wohnte im ersten Stock, das war ein bisschen knapp.

Herzschmerz und Halwa mit Pistazien

Nach Jasmines Abreise durchlief ich alle Stadien des Trennungsschmerzes, die da bekanntermaßen lauten:

- Leugnung. *(Es kann nicht sein, sie ist nicht wirklich weg, sie hat mich nicht wirklich verlassen, sie wird bald wiederkommen, das hat sie nicht wirklich getan, meine ✷, mein ♥, mein ☆.)*
- Zorn. *(Es kann nicht sein, sie ist nicht wirklich weg, sie hat mich nicht wirklich verlassen, sie wird gefälligst zurückkommen, so kann sie mit MIR nicht umgehen, diese dreckige ☹😐☹ …)*
- Zweifeln und Hadern. *(Wenn ich dies getan hätte, wenn ich das gesagt hätte, wenn ich mich mit ihr auf Bänke gesetzt und geweint hätte, wenn ich ihre Hüte getragen hätte – nein, das vielleicht doch nicht –, wenn ich Drehbuchautor geworden wäre, wenn ich ihren Erwartungen entsprochen hätte, wenn ich fünf Kilo abgenommen hätte, wenn ich groß, blond und dynamisch wäre, wenn ich Englisch lernen würde, wenn ich nicht mehr ich wäre …)*
- Depression. *(Es ist normal, es musste irgendwann so kommen, es war ein Wunder, dass sie in meinem Leben war, ich konnte sie nicht halten, welches*

Mädchen – und sei es noch so durchgeknallt – könnte sich in einen armen Trottel wie mich verlieben, einen Versager, einen Jammerlappen, eine Niete, einen Wurm.)

– Loslassen. *(Tja, so ist das eben, sie hat mich verlassen, damit muss ich mich abfinden, ich bin allein wie ein Leuchtturmwächter und werde es bleiben bis an mein Lebensende, das auch gar nicht mehr fern ist, nur noch etwas Geduld.)*

Mir war nicht mehr danach, in der Stadt spazieren zu gehen, Jasmine war überall, in all meinen Erinnerungen. Die Arbeit im Ministerium (Bleistifte spitzen, Ketten aus Büroklammern machen, aus Gummis einen Ball formen, Kaffee trinken, auf die Uhr schauen) reichte nicht aus, um mich auf andere Gedanken zu bringen. Und ehrlich gesagt, ich hatte auch gar keine Lust, mich abzulenken, ich legte keinen Wert darauf, dass es mir besser ging. Ich hatte mir in meinem Schmerz ein Nest gebaut, in dem ich mich den größten Teil meiner Zeit einrollte, bereit zum Selbstmord durch Untätigkeit.

Ich hatte mir angewöhnt, wie mein Vater die Tage durchzustreichen, aber nicht etwa, um sie abzuziehen, nein.

Ich zählte sie vielmehr zusammen: Jasmine war seit einer Woche weg, seit einem Monat, achtundvierzig Tagen, dreiundsiebzig, zwei Trimestern dreiviertel, fünfzehneinhalb Monaten.

In der ersten Zeit strich ich um das elsässische Lokal, um den Secondhand-Laden, um das Theater herum, wo sie gearbeitet hatte. Ich ging vier, fünf Mal bei *Für alle*

Felle vorbei – Inhaber Fernando Bautista –, als eine Art Wallfahrt, bei der die Wahrscheinlichkeit eines Wunders noch geringer war als in Lourdes – kein sehr tröstlicher Gedanke. Ich blieb auf dem Gehweg gegenüber stehen, lauschte dem Glockenspiel, das »Es war einmal ein kleiner Hund, wau wau« spielte, wenn die Tür ging, und betrachtete verzweifelt die Fassade, bis Regen, Dunkelheit oder argwöhnische Blicke mich verjagten.

Dann ging ich nach Hause, düster wie eine mondlose Nacht, machte bei Monsieur Özdemir halt, der unten in meinem Haus seinen Laden hatte – sieben Tage die Woche von sechs bis vierundzwanzig Uhr geöffnet –, und kaufte mir Halwa mit Pistazien.

Jasmine als Bildschirmhintergrund

Jasmine und ich hatten die (unilaterale) Vereinbarung getroffen, dass wir nie telefonieren würden. Ich hätte es nicht ertragen, sie in mein Ohr reden zu hören, ohne sie sofort in den Arm nehmen zu können.

Dafür bekam ich fast jeden Tag hübsche poetische E-Mails mit Fotos im Anhang. Sie erzählte mir bis ins Detail, wie sie ihre Tage verbrachte, vom Restaurant, dem Viertel, Manhattan und allem anderen. Ich brachte Stunden damit zu, ihre Fotos anzuschauen, ich betrachtete ihren Mund, ihre Augen. Jasmine als Bildschirmhintergrund, so nah, so fern. Sie wurde mit jedem Tag etwas unwirklicher, wie die Heldin aus einem Märchen oder aus Kinderbüchern mit bescheuerten Titeln: Jasmine in Manhattan, Jasmine im Central Park, Jasmine und ihre Freunde.

Und mein Leben ohne Jasmine.

Beim Einschlafen träumte ich von einem Wiedersehen.

Sie würde auf einer Bank mitten im Central Park auf mich warten, ich würde gegen Abend die Hauptallee entlanglaufen (gibt es dort überhaupt eine Hauptallee?), in diesem speziellen Moment, wo in den Filmen der

Himmel hinter den Wolkenkratzern immer die Farbe wechselt und den Horizont dunkelrosa und blau färbt.

Jasmine würde mich sehen und lächeln, und das Leben wäre kurz, aber schön, und deshalb nicht so schlimm.

Dann zog ich um, um nicht mehr in dieser Zweizimmerwohnung leben zu müssen, in der ich elf Monate, vierzehn Tage und ein paar Stunden mit Jasmine ... der bloße Gedanke schnürte mir die Kehle zu. Ich löschte mein Facebook-Konto, legte mir eine neue E-Mail-Adresse zu und stellte keinen Nachsendeantrag für meine Post. Das nennt man alle Brücken hinter sich abbrechen. Ich hatte dabei das Gefühl, mir die Adern aufzuschlitzen. Aber seit Jasmine weg war, hatte ich Angst vor dem unerträglichen Moment, in dem sie nichts mehr von sich hören ließe. Diesem Schweigen wollte ich lieber zuvorkommen. Weggehen ist besser als verlassen werden.

Auch wenn ich ja eigentlich schon »verlassen« war.

Ich versuchte mich damit abzufinden: Alles endet einmal, angefangen mit mir.

Schließlich fand ich in einem Viertel, das weitab von meinen gewohnten Bahnen lag, eine Einzimmerwohnung – eben die, in der ich an meinem Geburtstag um elf Uhr morgens auf meinen Tod wartete. Ich schloss das Kapitel »Jasmine« ab und lebte mein Leben weiter.

Ein Kapitel abzuschließen nützt aber nicht viel, wenn man eigentlich das ganze Buch umschreiben möchte.

Von dreiunddreißigeinhalb bis sechsunddreißig: Nichts

... Oder jedenfalls sehr wenig.

Gut, ich habe natürlich gelebt. Ich habe mich beschäftigt. Ich habe ein paar neue Grenzen überquert, habe mich in den Sommermonaten in fünf, sechs fernen Ländern herumgetrieben, einsam und oberflächlich, fünf Tage hier, ein Monat dort.

Ich verreiste ohne Freude, ich kam ohne Begeisterung zurück. Ich konnte einfach nichts anfangen mit diesen billigen Erinnerungen, die ich mit niemandem teilte.

Jasmine hatte mir offenbart, wie ich wirklich war: Ich war ein Herdentier, dem nur warm wurde, wenn es mit seiner Herde in Berührung war. Mit ihrer Haut.

Nassardine gibt eine Handvoll Minze ins Glas, dazu drei Suppenlöffel Zucker – was sein muss, muss sein. Er gießt den Tee von hoch oben ein, damit er Sauerstoff bekommt, reicht mir ein Glas und fragt: »Warum bist du denn nicht mit Jasmine nach New York gegangen?! Sie hat dich doch gefragt, ob du mitkommst – warum bist du ihr nicht gefolgt?«

»Warum, warum, hör auf damit! Sie hat das nur so daher gesagt. Wenn ihr wirklich an mir gelegen hätte, wäre sie hiergeblieben.«

»Du redest Unsinn, mein Sohn. Ich liebte meine Familie über alles. Und ich habe sie trotzdem verlassen.«

»Und selbst wenn, angenommen? Was hätte ich denn in New York gemacht, kannst du mir das sagen? Ohne Arbeit, ohne Wohnung? Mit drei Brocken Englisch?«

Nassardine winkt ab, das ist ihm alles egal. Das sind bloße Details. Schlimmer, es sind Ausreden. Ich komme seinen Argumenten zuvor: »Ich weiß schon!«

»Was?«

»Ich weiß schon, was du mir sagen wirst: Wo ein Wille ist, ist auch ein Weg. Aber als Jasmine mich verlassen hat, da glaubte ich noch an diesen bescheuerten Familienfluch. Bis heute früh habe ich daran geglaubt, verstehst du! Und das änderte alles. Angenommen, ich wäre Jasmine gefolgt – und dann? Sie hätte ein Kind von mir gekriegt, und dann wäre ich gestorben. Das konnte ich nicht wollen. Keine Sekunde lang. Das konnte ich ihr nicht antun.«

Nassardine schweigt. Ich spüre, dass er meine Argumentation in drei Sätzen auseinandernehmen könnte, wenn er wollte, dass er es aber nicht tun wird, weil er mich nicht verletzen will.

Um mich zu rechtfertigen, frage ich ihn: »Hast du noch nie das Gefühl gehabt, das falsche Leben gewählt zu haben?«

Nassardine verdreht die Augen.

»›Das falsche Leben‹, was soll das denn heißen? Glaubst du vielleicht, wir hätten ein ganz bestimmtes Leben zu leben? Ein Leben, das uns vorbestimmt ist? Glaubst du, wir bekommen bei der Geburt eine Startnummer, eine Trinkflasche und eine Routenbeschreibung mit auf den Weg? Und wenn du dich an einer Kreuzung irrst, wirst du disqualifiziert?«

Wahrscheinlich nicht. Doch das Jahr mit Jasmine hatte in mir den dringenden Wunsch geweckt, mein Leben zu wechseln, so wie man nach dem Joggen das T-Shirt wechselt. Mein Leben stank wie ein Iltis und klebte mir am Körper.

Aber Jasmine ist gegangen, und ich bin geblieben. Ich bedaure das wirklich sehr. Vor allem seit heute Morgen, da ich nicht gestorben bin, wie ich es hätte tun sollen.

»Du redest doch die ganze Zeit von Kismet! Kismet, das ist doch auf Arabisch das Schicksal, oder? Wenn es mit Jasmine und mir schiefgegangen ist, dann war das eben Kismet, Punkt aus.«

Nassardine angelt sich einen Krapfen, schließt die Augen und seufzt.

Er sagt: »Dass ich von Kismet rede, heißt noch lange nicht, dass ich daran glaube. Meinst du denn, dass alle, die ›Herrgott‹ brüllen, wenn sie sich mit dem Hammer auf den Daumen hauen, überzeugte Gläubige sind? Kismet, das ist Folklore. Weißt du, was ich denke? Ich denke, unser Leben gefällt uns oder gefällt uns nicht, und …«

Ich lache spöttisch.

»… Du redest wie Jasmine!«

»In Anbetracht meines Alters und meiner Erfahrung redet wohl eher sie wie ich. Außerdem ist das ein Beweis mehr, dass du ein Idiot warst, nicht bei dem Mädchen zu bleiben.«

Ich mache ein langes Gesicht. Er redet weiter.

»Wenn unser Leben uns nicht gefällt, dann müssen wir alles daransetzen, es zu ändern. Weil wir nämlich, bis zum Beweis des Gegenteils, nur eines haben. Und das geht vorbei.«

»Vielen Dank, das brauchst du mir nicht zu sagen!«

Er zuckt mit den Schultern. Ich gehe wieder zum Angriff über.

»Dann gibt es also kein Paradies? Es lohnt sich nicht zu hoffen, ja?«

Nassardine zeigt auf die Shisha und den Teller mit dem Gebäck.

»Da ist es, das Paradies!«

Er geht mir auf die Nerven.

»Für dich ist alles einfach. Niemals Zweifel, nichts dergleichen!«

»Tststs ... Zeige mir einen Menschen, der niemals zweifelt, und es wird ein Idiot vor mir stehen ... Was stellst du dir denn vor? Zweifel habe ich jede Menge gehabt. Mit neunzehn bin ich aus Algerien weg, ich habe alles zurückgelassen, meine Familie, meine Kultur, meine Sprache. Ich bin gegangen, weil mich dort nichts als Armut erwartete und ich Träume hatte, wie ein neunzehnjähriger Junge sie eben hat. Ich wollte eine schöne Uhr, schöne Schuhe, eine schöne Wohnung, ein schönes Auto ... Ich wollte alles, und noch mehr als das. Dann bin ich hier auf dem Bau gelandet, achtundvierzig Stunden die Woche malochen und behandelt werden wie ein Kanake, das war nicht immer leicht. Ich habe mir eine Menge Fragen gestellt, wenn ich abends allein im Wohnheim saß, weit weg von allen, die ich liebte. Ich habe mich manchmal gefragt, ob ich nicht vor der Armut geflohen war, um im Elend zu landen. Denn das echte Elend ist, im Leben allein zu sein.«

»Warum bist du dann geblieben?«

Mit einer Kopfbewegung zeigt Nassardine auf die Tür im Flur, die zum Schlafzimmer führt.

»Wegen ihr natürlich. Sie ist die Frau meines Lebens. Es gibt nicht so viele Männer, die die eine und richtige finden, das kannst du mir glauben.«

Ich glaube ihm. Und im übrigen: Auch wenn man sie gefunden hat, ist es noch lange nicht sicher, dass man sie auch behält …

Ich spreche da aus Erfahrung.

»Die Frauen machen uns zu besseren Menschen, mein Sohn. Du weißt es vielleicht noch nicht, aber eines Tages wirst du verstehen. Wie mein Vater immer sagte: ›Der Mann bringt die Steine, und die Frau baut das Haus …‹ Sie bringen uns nicht nur zur Welt, sie lehren uns auch zu leben. Jedenfalls versuchen sie es. Dass ich gelernt habe, diese Stadt zu lieben, verdanke ich Pâquerette. Ich habe hier Freunde gefunden. Und ich habe dich kennengelernt. Für all das hat es sich doch gelohnt zu bleiben, oder?«

Ich hebe mein Teeglas. Nassardine auch.

»Aufs Paradies«, sage ich.

»Und auf die, die darin leben!«

VERSCHIEBEN WIR’S AUF MORGEN
(wie es so schön heißt)

Dreiundzwanzig Uhr fünfzig. Zapfenstreich.

Nassardine ist schlafen gegangen.

Ich habe mein Nachtlager vorbereitet und schicke mich nun an, meine erste »Nacht + 1« zu verbringen.

Mein Kopf ist voller Bilder, voller Erinnerungen. Dazu kommen letzte Ausläufer der Lachanfälle, die ich zu unterdrücken versuche, während ich mich ausziehe.

Nassardine hat mir ein Baustellen-T-Shirt in einem schönen, leuchtenden Neon-Orange geliehen. Ich lege meine Beerdigungsklamotten auf einen Stuhl. Sich auszusuchen, in welchen Kleidern man begraben werden will, ist doch echt was für Greise, denke ich und muss lachen. Und bei Licht besehen frage ich mich jetzt doch, ob die Socken nicht vielleicht etwas geschmacklos waren.

Ich lege mich aufs Sofa, es ist Zeit zu schlafen, ich warte auf den Sandmann. Alles Übrige werden wir morgen sehen – *Verschieben wir's auf morgen*, wie Vivian Leigh in *Vom Winde verweht* am Ende so schön sagt, mit tränenüberströmten Wangen und hoffnungsvollem Blick.

Auf *morgen*?

Auweia. Mit einem Schlag bin ich nicht mehr müde.

Ich setze mich. Ich stehe auf. Ich bin nicht tot, gut, aber warum nicht? Ich denke nach, ich überlege hin und her, ich werde immer nervöser, die Gedanken schießen hin und her, ich wühle sämtliche Hirnschubladen durch, wie ein Mann, der verzweifelt seinen Autoschlüssel sucht.

Ich *muss* eine Erklärung finden, irgendetwas Glaubhaftes, auch wenn nichts an dieser Situation glaubhaft ist, sonst werde ich verrückt.

Das Datum? Und wenn bei meinem Geburtsdatum ein Fehler passiert ist?

Ich stelle mir vor, wie mein Vater in seinem ganz frischen (wenn auch von düsteren Aussichten überschatteten) Vaterglück sich auf dem Standesamt im Tag irrt, als er meine Geburt anmeldet. Ich fühle, wie ich bleich werde. Ich löse mich auf wie ein Stück Zucker in einem Glas lauwarmem Wasser. Könnte es sein, dass da ein Fehler passiert ist? Dass ich eigentlich am 16. geboren bin und nicht am 15.? In dem Fall … Ich schaue auf die Uhr. In dem Fall blieben mir noch genau elf Stunden, zehn Minuten und 8 (… 7–6–5–4–3 …) Sekunden zu leben. Seit heute Morgen um elf lache ich mich kringelig wie ein Idiot, während ich möglicherweise meinen letzten Anzug ganz umsonst zerknittert habe und deshalb unordentlich gekleidet bei meinem letzten Stelldichein erscheinen werde.

Ich versuche, mich zur Vernunft zu rufen und meine verbleibenden Neuronen zusammenzutrommeln. Mein Vater hat sich nicht geirrt. Unmöglich. Wer jeden Tag im Kalender durchstreicht, verwechselt keine Daten.

Meine Tante Viktoria war am Tag meiner Geburt dabei. Da mein Vater arbeitete, brachte sie meine Mutter in die Klinik. Das hat sie mir etwa dreihundertmal erzählt. Aber sie hat meinen Geburtstag nie am eigentlichen Tag gefeiert, das war auch so ein grotesker Aberglaube. Sie buk mir meinen Geburtstagskuchen immer erst für den nächsten Tag. Einen großen Schokoladenkuchen mit Smarties drauf (außer den roten – *Verletzung* –, den grünen – *Vergiftung* –, den braunen – *Beerdigung* –, und den blauen – *Tod durch Ertrinken*; übrig blieben nur die gelben, die lediglich im Verdacht standen, schädlich für die Leber zu sein). Für den *nächsten Tag*, das heißt den 16. Februar. Ich bin also am 15. geboren, da ist jeder Irrtum ausgeschlossen.

Ich verliere mich in komplizierten Berechnungen über Sommerzeit und Winterzeit – aber das führt zu nichts: Die Männer in meiner Familie sind alle am *Tag* ihres Geburtstages gestorben, welcher er auch sei, Punkt.

Und wenn ich meiner Uhr glauben darf, einem kleinen Wunderwerk der modernsten Technik, ist es jetzt null Uhr, zwei Minuten und acht Sekunden (9, 10, 11, 12 …), wir haben den 16. Februar, und ich habe meinen sechsunddreißigsten Geburtstag hinter mir.

Wenn ich nicht völlig danebenliege, habe ich gerade dieser langen, verhexten Reihe des Geburtstagsfluches ein Ende gesetzt. Aber ich weiß immer noch nicht, warum.

16. Februar also (gegen alle Erwartungen)

Ich habe dann schließlich gut geschlafen. Und entgegen allen Erwartungen bin ich immer noch am Leben.

Paquita ist im Morgengrauen aufgestanden. Sie versuchte, so wenig Lärm wie möglich zu machen, aber wie soll man es vermeiden, ein bisschen mit dem Besen gegen die Fußleisten zu stoßen, wenn man mambotanzend bis in die Ecken kehrt, das Ganze mit zwei Kopfhörern auf den Ohren, die aussehen wie die Schnecken von Prinzessin Leia?

Paquita hat einen Putz- und Ordnungsfimmel, aber so richtig, sie gehört zu denen, die Schnürsenkel bügeln und die Rückseite von Küchenschränken putzen. Sie beginnt jeden Morgen mit einer Jagdpartie auf unsichtbare Staubmäuse.

Zwei-, dreimal unterbrach sie ihre Arbeit, um mir beim Träumen zuzuschauen – sie beugte sich über mich und musterte mich. Ich tat so, als würde ich schlafen. Ich spürte ihren Zahnpastaatem, denn sie putzt sich immer vor dem Frühstück die Zähne, und dann danach, was die klassischere Variante ist. Sie sagt, wenn man über vierzig ist, wacht man jeden Tag mit einem Stinktier im Mund auf, und nur eine Dosis Menthol könnte es daraus vertreiben.

Nassardine stand ein Stündchen später auf.

Sie fingen an sich zu unterhalten, mit der sonoren, kaum gedämpften Stimme derer, die nie zu flüstern brauchen.

Ich spielte ihnen ein überzeugendes Erwachen vor, mit Seufzern, kleinen Bewegungen, Räuspern und Blinzeln.

»Ah, da ist er ja!«, sagte Paquita, als käme ich von einer weiten Reise zurück.

Dann: »Hast du gut geschlafen, Schätzchen?«

Und: »Nassar hat dich doch hoffentlich nicht geweckt?«

Ich brummelte ein paar undeutliche Konsonanten.

»Ah, siehst du!«, meinte Paquita streng zu Nassardine. »Ich hab dir doch gesagt, du sollst nicht so viel Lärm machen!«

Nassardine schlug vor, mir einen Kaffee zu machen, und ich behauptete, ohne rot zu werden, morgens tränke ich nur Tee. Das stimmt überhaupt nicht, aber die Widerstandsfähigkeit des menschlichen Körpers hat seine Grenzen.

Ich trank seinen Beuteltee und unterdrückte dabei eine Grimasse, er schmeckte wie Heubrühe, wirklich ekelhaft. Aber alles, um nur dem fürchterlichen Kaffee zu entgehen.

Paquita hatte einen alten Morgenmantel über ihr orange-schwarz getigertes Nachthemd gezogen. Sie pustete hektisch auf ihre heiße Schokolade, die Schale zwischen den Händen. Sie sah aus, als wäre ihr eine Laus über die Leber gelaufen.

»Ich habe nachgedacht«, sagte sie.

Das war schon ungewöhnlich genug, um meine gesamte Aufmerksamkeit zu wecken.

Sie schaute mich an, ich sah, dass sie zögerte.

»Ich möchte nichts Dummes sagen …«

Dann: »Es ist mir nur gestern so eingefallen …«

Und: »Aber … Das lässt sich nicht so leicht sagen, verstehst du?«

»Nein, noch nicht«, antwortete ich.

Sie verzog den Mund, schüttelte den Kopf. Sie schaute Nassardine an, ich spürte, dass sie unter einer Decke steckten. Sie flüsterte ihm zu: »Sag du's ihm.«

Nassardine setzte sich, er goss einen Rest Schlammbrühe in seine Tasse, dann hüstelte er und kratzte sich lange am schlecht rasierten Kinn.

Ich musterte ihn: »Also?«

»Also, Pâquerette hat gedacht … Na ja, aber wie sie sagte … Es ist nur ein Gedanke … Du solltest nicht …«

»Packst du jetzt aus oder nicht?«

Nassardine nickte, verzog den Mund, fuhr sich mit der Hand über Lippen und Schnurrbart, dann holte er tief Luft und …

»Dein Vater ist nicht dein Vater!«, stieß Paquita hervor.

Ein Storch flog durchs Zimmer.

Ich sagte: »Was?«

Sie schaute mich kleinlaut an, als wollte sie sich entschuldigen.

»Na ja, ich sag das nur so, ich weiß ja nicht …«

Dann: »Ich meine nur, bei den Müttern ist man ja sicher, aber bei den Vätern … eben nicht …«

Dann: »Aber es ist sicher Quatsch. Ich hätte das nicht sagen sollen …«

Und: »Alles in Ordnung, Schätzchen?«

»Alles in Ordnung, mein Sohn?«, fragte wie ein Echo auch Nassar.

Ich war betäubt, gelähmt, stumm, mein Blick war starr, mein Mund stand weit offen. Ein schönes klinisches Beispiel des Phänomens der Sprachlosigkeit. Es fehlte nur noch der Speichelfaden, der mir bald aus dem Mund rinnen würde, das war sicher. Alle Geräusche drangen zu mir, als wäre ich einen Meter unter Wasser. Ich hörte Paquita jammern: »O je, hätte ich doch nur nichts gesagt!«

Dann: »Du hättest mir sagen sollen, dass ich nichts sagen soll!«

Und: »O je, es tut mir ja so leid!«

»Das wird schon wieder«, sagte Nassardine.

»Nein, schau doch, er rührt sich nicht mehr!«

Ich rührte mich nicht mehr, aber meine Gedanken rasten.

Aus den Tiefen der Vergangenheit hörte ich die Stimme meines Vaters aufsteigen, all die Koseworte, mit denen er mich bedachte: »Sohn eines Idioten«, »Sohn eines Dämlacks« … Natürlich! Er hatte damit nicht sich selbst gemeint, sondern den anderen. Ich war der Sohn des anderen. Der immer mitschwang, auch wenn mein Vater von meiner Mutter sprach – »die Schlampe« –

und sich selbst beschimpfte – »elender Schwachkopf« oder »armer Depp«.

Paquita hatte richtig gesehen: Ich war nicht der Sohn meines Vaters, und das war der Grund, warum ich nicht tot war. Mein wahrer Vater war unbekannt, ich war ein echter Bastard, von meinen bisher angenommenen Ahnen hatte ich nichts geerbt, und vor allem nicht ihr beschissenes Schicksal. So einfach war das.

Ich stand auf, etwas wackelig auf den Beinen.

Paquita schaute mich mit bestürzter Miene an. Ich nahm sie in die Arme und drückte sie, ich flüsterte ihr »Danke« ins Ohr und nahm mir eine Tasse von Nassardines Kaffee – in manchen Momenten braucht man starkes Gift.

Merkzettel

- Endgültig anerkennen, dass ich nicht der Sohn meines Vaters bin, und keine große Sache daraus machen, schließlich bin ich weder der erste noch der letzte, dem es so geht.
- Die Tatsache akzeptieren, dass ich aufgrund der falschen Annahme, sein Sohn zu sein, dummerweise mein Leben lang geglaubt habe, mit sechsunddreißig sterben zu müssen.
- Und alles, was daraus folgt:
  a) Ich war nie in der Lage, langfristige Pläne zu machen *(aufhören, mir selbst wehzutun, indem ich an Jasmine denke)*.
  b) Ich wollte nie einen Sohn haben, um ihn nicht zum gleichen Schicksal zu verurteilen und ihn nicht zu jung zum Waisen zu machen. Letzterer Punkt hätte auch für ein Mädchen gegolten. Also gar kein Kind.
  c) Ich habe mein ganzes Leben verpfuscht.
- Aufhören, mich mit dem Gedanken an all die Gelegenheiten verrückt zu machen, bei denen ich mich in meiner Jugend wirklich hätte umbringen können, all die wahnwitzigen Risiken, die ich nur einging, weil ich dachte, mir

könnte nichts passieren, obwohl doch in Wirklichkeit …

- Zur Kenntnis nehmen, dass mein ganzes Leben auf zwei ungeheuren Lügen beruhte:
  a) Ich war nicht der Sohn meines Vaters, und er wusste das.
  b) Er hat mich in diesem falschen Glauben gelassen, wodurch ich bis vor ein paar Tagen mit der Last seines dämlichen Fluches leben musste.
- Einen Job finden, um meine Miete zu bezahlen (und alles Übrige).
- Eine Wohnung finden.
- Schnell entscheiden, welcher dieser beiden Punkte wichtiger ist, angesichts der Tatsache, dass ich am 28. diesen Monats ausziehen muss und nicht weiß, wohin.
- Diese Flasche wegstellen, bevor sie leer ist.
- Rausgehen, einen kleinen Spaziergang machen und diese bescheuerte Liste in den erstbesten Mülleimer werfen.

Glücklicher Sterblicher

27. Februar, Ortszeit.

Seit etwa zehn Tagen habe ich mir eine Menge Fragen gestellt, die alle mehr oder weniger auf diese eine hinausliefen: Was sollte ich jetzt mit meinem Leben anfangen, da ich nun mal *lebte*?

Ich kann nicht sagen, dass ich mich wahnsinnig freue, noch auf der Welt zu sein. Ich nehme an, das müsste ich. Aber ich werde das schmerzliche Gefühl noch nicht los, dass ich einem riesigen Betrug zum Opfer gefallen bin, einem haarsträubenden Schwindel, der am Tag meiner Geburt angefangen und am letzten 15. Februar um elf Uhr geendet hat.

Was mich lähmt: Ich bin am Leben, ABER zum ersten Mal in meinem Leben weiß ich nicht, wie lange noch.

Ich bin gerade erst zum Club der glücklichen Sterblichen hinzugestoßen, das heißt der ganzen Welt (abgesehen von ein paar Tausend Verurteilten, die in den Todeszellen demokratischer Staaten oder in den düsteren Kerkern diverser Diktaturen sitzen bzw. in den stillen, gedämpften Kokons der Palliativstationen liegen. Und selbst für Letztere gibt es noch eine Fehlerquote bei der Prognose, auch wenn es sich nur um Minuten oder Sekunden handelt).

Mein ganzes früheres Leben habe ich mit dieser schrecklichen und beruhigenden Gewissheit gelebt: *Ich wusste Bescheid*. Wenn ich mal von den anderen männlichen Mitgliedern meiner Familie absehe, war ich noch bis vor zwei Wochen der einzige Mensch auf Erden, der schon immer Bescheid wusste – wobei dieses »immer« sich auf meine erste Begegnung mit dem Tod bezieht, an dem Tag, an dem ich Bubulle in einem effektvollen Strudel im Klo habe verschwinden sehen.

Ich glaubte, mir sei der Traum eines jeden Menschen erfüllt worden, wenn auch gegen meinen Willen, nämlich: die Stunde und den Tag zu kennen. Aber dem war gar nicht so. Nicht die Bohne. Ich war ein ganz gewöhnlicher Jedermann, man hatte mich hereingelegt, ich wusste überhaupt nichts.

Ich verspüre plötzlich ein schreckliches Schwindelgefühl, als würde ich mit baumelnden Beinen am Rand des existenziellen Abgrunds sitzen. Jederzeit sterben, überall abkratzen können, aus Versehen oder aus einer Laune heraus das Zeitliche segnen, an einer Krankheit dahinscheiden, die anderen abtreten sehen und selbst abtreten, eines blöden Tages, sein Leben mit eingezogenem Kopf verbringen, in Erwartung des Nackenschlags – alle anderen in meinem Alter hatten Zeit, sich daran zu gewöhnen, auch wenn ein Leben dafür nicht ausreicht. Aber ich bin Novize, ich lande gerade erst in dieser Realität, ich entdecke die Ungewissheit und habe dafür keine Gebrauchsanweisung.

Und es beschäftigen mich noch andere Fragen. Wenn ich ein Bastard bin, warum hat meine Mutter mich dann mit jemandem alleingelassen, der nicht mein Vater war? Warum hat dieser Mann mich adoptiert und mit dieser Legende großgezogen, die mich gar nicht betraf? Wohin ist meine Mutter verschwunden? Mit wem und wozu?

Um meine neuerdings schlaflosen Nächte voll auszukosten – bisher hatte ich immer wie ein sedierter Siebenschläfer geschlafen –, verliere ich mich in neurotischen Grübeleien, die mir offenbaren, dass ich für mich selbst ein vollkommener Fremder bin, denn ich verstehe mich nicht mehr.

Ich war groß geworden mit der Idee eines vorprogrammierten Todes und hatte diese recht gelassen akzeptiert, wie man es eben mit Dingen tun muss, gegen die man machtlos ist. Ich hatte mich auf das Unausweichliche vorbereitet, den Endpunkt meines Lebens immer im Blick. Aber nun war ich am Ende des Marathons angekommen, und da werden auf den letzten zweihundert Metern plötzlich die Ziellinie gelöscht und die Regeln geändert: Statt zweiundvierzig Kilometer und hundertfünfundneunzig Meter sind es plötzlich fünfzig Kilometer oder sechzig oder achtzig, oder noch mehr.

Ich habe das Leben vor mir. Dafür habe ich nicht trainiert.

Transitzone

28. Februar, Ende des Mietvertrags.

Der Makler kommt um halb zwölf zur Wohnungsabnahme.

Ich habe meine Sachen in Kisten gepackt, deren Zahl mich ratlos macht. Ich hätte nie gedacht, dass sich auf achtundzwanzig Quadratmetern so viel unnützes Zeug ansammelt. Im übrigen habe ich einen guten Teil davon seit meinem letzten Umzug nie ausgepackt. Ich habe alles auf meinem Schrank gestapelt, ich weiß nicht einmal mehr, was in den Kisten drin ist. Wenn es mir in den letzten Monaten nicht gefehlt hat, dann brauche ich es wohl nicht.

Nassardine und Paquita sind gekommen, um mir beim Umzug zu helfen. Sie haben mir angeboten, bei ihnen zu wohnen, so lange ich will. Sie haben ein noch nicht eingerichtetes Gästezimmer, das niemand braucht, da ihre einzigen Freunde um die Ecke wohnen. Ich bräuchte nur mein Bett hineinzustellen, und fertig.

Ich habe die Einladung angenommen, aber nur für ein paar Tage.

Sie wohnen zu weit außerhalb, und ich bin zu Fuß unterwegs, da ich ja mein Auto verkauft habe, und vor allem kann ich mir auch nicht vorstellen, in meinem Alter zurück zu Mama und Papa zu ziehen. Das meine ich ohne jede Kritik: Ich liebe sie heiß und innig. Aber seit Paquita mir ihre Idee mitgeteilt hat, wirft sie mir ständig mitleidige Blicke zu, und Nassardine redet nur noch mit einem Sicherheitsabstand mit mir, als hätte ich Verbrennungen dritten Grades erlitten, um nur ja keine Tränenausbrüche zu riskieren (ich weiß nicht, ob von ihm oder von mir).

Dabei könnte ich mein ganzes Unglück in vier Worten zusammenfassen: Ich bin am Leben.

Es gibt Schlimmeres auf der Welt.

Schon vor meinem anvisierten Todestag hatte ich ein paar Möbel verkauft. Die übrigen habe ich Paquita und Nassar gegeben, wie in meinem Testament vorgesehen: ein einwandfrei funktionierendes Klappsofa, einen kleinen quadratischen Tisch und zwei passende Stühle vom alten Schweden, meinen Computer, meine Bücher und alle meine DVDs.

Paquita verdrückt eine Träne, als sie die Stühle erbt. Sie seufzt.

»Wenn ich daran denke, wie oft ich mich daraufgesetzt habe …!«

Dann, als würde sie von alten Kindheitserinnerungen erzählen: »Ich kam zu dir, um Kaffee zu trinken, weißt du noch …?«

»Ja, ich erinnere mich dunkel. Das letzte Mal war vor etwa … zehn Tagen?«

Paquita nickt niedergeschlagen: »Und ich hatte keine Ahnung, dass du bald sterben würdest!«

»Paqui, jetzt hör doch auf!«, sagt Nassardine, ebenfalls ganz ergriffen.

Paquita wimmert und bricht in Tränen aus.

Ich nehme sie in den Arm, gebe ihr einen Kuss und

sage: »Schon gut, schon gut, ich bin am Leben, wie du siehst …«

»Ich weiß es ja, ich weiß, es ist dumm, aber es ist so komisch, dass du aus dieser Wohnung ausziehst … Und deine Geburtstagsgeschichten da … Ich bin völlig durch den Wind.«

Paquita holt tief Luft, packt den kleinen Tisch, stemmt ihn vom Boden hoch wie ein Gewichtheber und geht mit den Worten hinaus: »Also los, bringen wir's hinter uns.«

Dann: »Ich trage das ins Auto.«

Und zu Nassar: »Und du, kleb mal die Kisten fertig zu, statt dumm rumzustehen.«

Ich nehme zwei Bücherkisten und folge ihr. Wir stellen alles in den Kofferraum des alten Talbot, dann gehe ich wieder hoch, während Paquita unten bleibt, um das Beladen zu optimieren.

In der Wohnung lehnt Nassardine an der Küchentheke, die Arme verschränkt, und betrachtet mit nachdenklicher Miene den Stapel Kisten, der noch mitten im Raum steht.

Er sieht mich hereinkommen und fragt: »Wo willst du denn jetzt hin?«

»Wenn ich dir antworte: ›Auf Abenteuersuche‹, wirst du mir nicht glauben, stimmt's?«

Er zwinkert mir zu.

Nassardine kennt mich zu gut. Ich kann ihm nichts vormachen, keine Chance. Ich weiß, was er in diesem Moment denkt, denn ich denke dasselbe. Ich bin kein Held, ich habe keine Arbeit, keine Wohnung, keinen

Plan, mein Leben besteht aus zweiunddreißig unterschiedlich großen Kisten, für die ich nirgends einen Platz habe, außer in ihrem Gästezimmer. Aber ihn erschreckt meine Situation nicht über die Maßen: Allein und mit leeren Taschen dastehen, ohne eine Adresse, an die man sich wenden könnte, das kennt er. Ich bin gesund, ich habe ein paar Fettpolster, sodass ich dem Hunger eine Weile widerstehen werde, ich kann zu ihnen kommen, wann immer ich will. Ich werde nicht in ein Kriegsgebiet abgeschoben. Ich habe einen hübschen Beerdigungsanzug und die viertausend Euro in bar, die ich in den letzten drei Jahren zusammengespart habe und am Tag meines angekündigten Todes zusammen mit meinem Testament in einem an Paquita und Nassardine adressierten Umschlag auf dem Tisch hatte liegen lassen, für die Feuerbestattung. Und dazu noch die Kaution meiner Wohnung, die ich unverhofft zurückbekommen werde.

»Ist dir klar, dass jeder Dahergelaufene dieses Geld hätte stehlen können?«, regt Nassardine sich nachträglich auf.

Paquita kommt wieder hoch. Nassardine hat sie nicht gehört und redet weiter: »Und hast du dir nicht überlegt, dass Paquita dich tot hätte finden können? Vielleicht erst Tage später?«

Sie stößt einen Schreckensschrei aus und presst die Hand vor den Mund.

An diese Möglichkeit hatte ich nicht gedacht, muss ich gestehen.

»Mir fehlt es an Erfahrung«, sage ich. »Beim nächsten Mal mache ich es besser.«

Von der Kunst, alte Leute weichzukochen

Als Erstes steht jetzt an: meine Tante besuchen. Sie ist zweiundsiebzig, noch sehr rüstig, stets verdrießlich, auf dem besten Weg, mit ihrer chronischen Depression hundert zu werden oder noch älter, zäh wie sie ist.

Je länger ich darüber nachdenke, desto sicherer bin ich mir, dass sie seit eh und je über die Untreue meiner Mutter Bescheid wusste, also auch über die Tatsache, dass ich meinen sechsunddreißigsten Geburtstag ohne Gefahr feiern konnte – jedenfalls ohne größere Gefahr als jeder andere auch. Jetzt verstehe ich, warum sie mich so drängte zu studieren – *Man weiß ja nie, mein armer Kleiner …*

Man weiß ja nie, von wegen!

Ich will ja gerne alt sterben, aber dumm auf keinen Fall.

Ich habe fest vor, Antworten zu bekommen. Ich werde sie ausquetschen und sie dabei nicht schonen. Ich habe sie nie besonders geliebt, ich bin ihr dankbar, dass sie mich großgezogen hat, aber damit hat sich's. Wir hatten keinen Draht zueinander. Sie hat mich versorgt, ich weiß, aber das reicht nicht. Wenn Herzensbindungen vom Magen ausgingen, dann würden wir alle Kantinenfrauen »Mama« nennen.

Ich klingele.

Als sie mich in der Tür stehen sieht, ruft Tantchen mit einem derart verblüfften Ausdruck »Gelobt sei Gott!«, dass meine Überzeugung doch etwas ins Wanken gerät.

»Wir müssen reden«, sage ich.

»Komm rein, komm rein! Ach, mein Kleiner!«

Sie lässt mich stehen, um in die Küche zu laufen und Teewasser aufzusetzen. Das ist immer ihr erster Reflex. Ich folge ihr, setze mich an den Tisch, schaue ihr zu, wie sie geschäftig mit dem Wasserkessel, den Tassen, der Teekanne, der Keksdose hin und her läuft. Sie wirft mir verstohlene Blicke zu, und ich finde, sie sieht reichlich schuldbewusst aus.

»Du wusstest es, oder?«

Sie krächzt mit ersterbender Stimme: »Was denn?«

»Du wusstest, dass ich nicht Papas Sohn bin?«

Denn ich weiß noch nicht, wie ich diesen Mann anders nennen soll als Papa.

Tantchen stutzt und runzelt die Stirn.

»Was meinst du mit ›nicht sein Sohn‹? Wie kommst du denn auf so einen Unsinn?«

Ich seufze tief, jetzt schon völlig entnervt.

Ich sage: »Tantchen, jetzt tu nicht so dumm, wir haben den 28. Februar. Den *28.* Ich sollte längst tot und begraben sein, weißt du noch?«

Sie senkt den Kopf.

Ich warte. Ich fixiere sie stumm. Sie tunkt ihre Kekse in den Tee, aber verstört wie sie ist, lässt sie sie zu lange drin und muss dann die nassen Krümel herausfischen.

Schließlich sagt sie: »Also …«

Also: Ich bin tatsächlich der Sohn meines Vaters.

Das bestätigt und versichert mir meine Tante mit einer solchen Aufrichtigkeit, dass ich nicht länger daran zweifeln kann. Im übrigen hätte meine Ähnlichkeit mit ihm genügen müssen, mich davon zu überzeugen, wenn ich bei etwas klarerem Verstand gewesen wäre. Das gleiche umwerfende Aussehen, die gleichen gemütlichen Rundungen, die gleichen widerspenstigen Haare, die gleiche freundliche Pinguinfigur. Ich bin sein Sohn, okay.

Aber …

Ich bin nicht der erste.

Meine Tante schaut mich mit ihrem Hundeblick an, den ich noch nie ausstehen konnte, und schweigt, um mir Zeit zu geben, diese Information zu verdauen. Was nicht ganz einfach ist. Ich bin nicht unehelich, sehr gut, *aber …* ich habe einen Bruder, von dem mir nie jemand erzählt hat und was bei uns noch nie vorgekommen ist. Ein Decime pro Generation, so war es immer gewesen. Ich entdecke die kleinen Freuden der Familiengeheimnisse, wenn man zufällig draufkommt, dass man für blöd verkauft wurde, seit man in den Windeln lag.

»So, dann habe ich also einen Bruder?«

»Nein.«

»...?«

»Das heißt, doch, ja. Aber er ist mit knapp sechs Monaten an den Masern gestorben.«

»Warum hat mir nie jemand etwas davon gesagt?«

»Die ganze Geschichte war so traurig ... Es hat uns alle so sehr mitgenommen. Vor allem deine arme Mutter.«

Meine Tante steht auf und holt ein Fotoalbum, das ich in- und auswendig kenne, weil ich immer darin geblättert habe, wenn mir langweilig war. Sie zeigt mir das Porträt eines dicken, lachenden Babys in den Armen meiner Mutter. Ich hatte immer gedacht, das wäre ich.

»Wie lange nach ihm bin ich geboren?«

Meine Tante seufzt, sie rechnet nach, ich sehe, wie ihre Lippen sich bewegen.

»Etwas weniger als fünfzehn Monate.«

Sie scheint beschlossen zu haben, mit den Informationen tröpfchenweise herauszurücken.

Mein älterer Bruder hieß Morbert, was jeden normalen Menschen davon abgebracht hätte, länger zu leben. Er sah mir sehr ähnlich.

»Vielleicht ein bisschen hübscher?«, meint Tante Victoria.

Ich erfahre also, dass meine Mutter schon mit mir schwanger war, als mein Bruder starb.

»Das hat sie nicht ertragen«, haucht meine Tante salbungsvoll.

Sie ertrug auch die Aussicht nicht, mich zu verlieren,

als ich, der ich seitdem eine eiserne Gesundheit habe, das Pech hatte, mit zwei Jahren eine böse Grippe zu erwischen. Meine Mutter geriet in Panik, sah mich schon sterben und ließ mich im Stich. Sie floh vor lauter Angst. Dumm gelaufen.

Die menschliche Natur ist doch immer wieder interessant.

Ich fasse also zusammen: Ich bin tatsächlich der Sohn meines Vaters – meine Mutter hat mich aus Angst, mich zu verlieren, verlassen –, mein Vater hat ihr das für den Rest seines Lebens übel genommen und mich für das Abhauen seiner Frau verantwortlich gemacht, obwohl ich, tut mir leid, gar nichts dafür konnte.

Ich bringe meine Empörung laut zum Ausdruck.

»Dein Vater war nie der Schlaueste, weißt du …«, meint meine Tante.

Und sie fügt noch hinzu – wahrscheinlich hat sie vergessen, mit wem sie redet: »Er war eben ein Mann …«

Ich kann mir die Schuld nur selbst zuschreiben: Wenn ich das Familienschicksal respektiert hätte – nur ein Junge pro Generation –, wäre ich nicht zur Welt gekommen, da meine Eltern ja schon einen Sohn hatten, diesen älteren Bruder nämlich, den meine Tante mir zur Teestunde aus dem Hut gezaubert hat wie ein weißes Kaninchen und dessen Existenz, und sei sie noch so kurz gewesen, mir nie irgendjemand verraten hatte.

Ja aber, wenn das so ist …

»Wenn ich recht verstehe, bin ich also am fünfzehnten nicht gestorben, weil das Schicksal sich schon mit Morbert vollzogen hat?«

Meine Tante zuckt mit den Schultern, sie hat offenkundig keine Ahnung und auch nie darüber nachgedacht. Ich fahre für mich selbst fort: »Aber wie kommt es dann, dass er schon mit sechs Monaten gestorben ist …? Wenn ich das richtig sehe, war er doch der älteste Sohn, der mit sechsunddreißig hätte sterben sollen, oder?«

Meine Tante nickt.

»Dein Vater fand das damals auch merkwürdig.«

Merkwürdig?

Mir scheint, an seiner Stelle hätte ich das Bedürfnis nach einem stärkeren Wort gehabt. Was weiß ich, vielleicht *dramatisch*? *Tragisch? Hanebüchen?*

Aber in unserer Familie ist *alles* hanebüchen. Da muss man relativieren.

Meine Tante fährt damit fort, ihre Kekse zu ertränken. Ihre Tasse ist bis zu einem Drittel voll mit Bodensatz. Da schnipse ich plötzlich mit den Fingern.

»Ich hab's! Der Bastard war er!«

Aber mein Gesicht verdüstert sich sofort wieder.

»Nein, unmöglich. Dann hätte ich ja das Scheißschicksal geerbt und wäre am 15. gestorben wie vorgesehen.«

Tantchen verzieht das Gesicht.

»Na ja ... Ich meine ... Diese Vererbungsgeschichte, weißt du ...«

Ich unterbreche sie gereizt: »Versuch nur nicht, mir das auszureden, ich habe recherchiert, und es stimmt, mindestens für die vier letzten Generationen: Alle Männer der Familie sind an ihrem Geburtstag gestorben, auf die standesamtlichen Eintragungen ist Verlass. Dann erklär mir doch mal, warum Morbert, wenn er wirklich der Sohn meines Vaters war, nicht mit sechsunddreißig gestorben ist, wie es der Brauch will? Und wenn ich ein eheliches Kind bin, wie kommt es dann, dass Papa zwei Söhne bekommen hat, anders als alle seine Vorfahren?«

Ich spüre, dass Tantchen mir etwas anvertrauen möchte, aber noch zögert.

Ich lege eine Hand auf ihre und lasse meine Stimme

ohne jede Scham honigsüß klingen: »Du kannst mir alles sagen, das weißt du doch …«

Sie schaut mich mit ihrem traurigen, feuchten Blick an.

»Verstehst du, mein Kleiner«, sagt sie …

Sätze, die mit »Verstehst du, mein Kleiner …« oder Ähnlichem anfangen, lassen grundsätzlich nichts Gutes erwarten. Ich mache mich auf starken Tobak gefasst.

Ich werde nicht enttäuscht.

»Verstehst du, mein Kleiner, es ist so: Dein Vater hat zwei Söhne bekommen, weil er nicht der echte Sohn seines Vaters war.«

Aha. Es verschlägt mir die Sprache.

»Morvan war mein Halbbruder. Er war kein Decime. Er hat es nie erfahren.«

Kommentarlos hält sie mir das Fotoalbum hin, die aufgeschlagene Seite zeigt ein Bild meines Vaters im Alter von etwa zehn Jahren, zusammen mit meinen Großeltern. Keinerlei Familienähnlichkeit, das springt ins Auge. Warum habe ich das nie bemerkt? Oder er?

Auf dem Foto sieht man meinen Großvater Maurice, eine lange Bohnenstange, vom Alkohol abgemagert und mit einer Karibunase, Segelohren und himmelblauen Augen, die er von seinem Vater hatte; er hat einen Arm um die Schultern meiner Großmutter Marthe gelegt, eine blonde Frau mit tiefhängenden Brüsten und langen Spaghettihaaren. Zwischen den beiden mein Vater, kurzbeinig, rundlich, braune Augen, rötlicher Krauskopf, die Ohren anliegend, als wären sie angeklebt.

Von meinem verdatterten Schweigen ermutigt, fährt meine Tante fort: »Mein armer Vater trank eine Menge. Er verbrachte sein Leben in der Kneipe, er war nie da, und wenn, dann war er betrunken. Er kümmerte sich nicht so viel um meine Mutter. Und deshalb …«

Sie seufzt und schließt: »So ist das Leben, mein Kleiner. Noch etwas Tee?«

Und ohne meine Antwort abzuwarten, schenkt sie mir nach.

O Danny boy, the pipes, the pipes are calling ...

Ich gehe wieder zum Angriff über. Ich will unbedingt wissen, wessen Sohn mein Vater war.

»Oh, ich habe mich nie getraut, meine Mutter danach zu fragen, wo denkst du hin!«, meint meine Tante. »Alles, was ich dir sagen kann, ist, dass wir vor der Geburt meines Bruders eine Weile einen Nachbarn hatten, einen Iren ... Bunny Callaghan ... Oder Callahan ... Ich weiß nicht mehr genau. Ein sehr netter Herr jedenfalls. Er kam ins Haus, wenn mein Vater in der Kneipe war.«

Also oft ...

»Er hatte in Irland eine Acryl-Spinnerei ... Er sagte, das sei die Zukunft, keine Fusseln, kein Eingehen beim Waschen, keine Schafe mehr nötig. Viel besser als Natur. Er war gekommen, um in Frankreich dafür zu werben.«

Sie hält inne, denkt nach, kramt in ihrem Gedächtnis.

»*Callahan*, ja, das war's!«

Sie zögert.

»Oder vielleicht doch Callaghan? Ach, ich weiß es nicht mehr! Ich vergesse alles, es ist schrecklich. Jedenfalls war sein Vorname Bunny, da bin ich mir sicher, wegen diesem irischen Lied, weißt du? *O Bunny boy ...*«

»Danny.«

»Wie?«

»In dem Lied heißt es *O Danny boy.* Bunny ist ein Hase.«

»Ach, Bunny, Danny, das ist doch Jacke wie Hose.«

Ich würde sie am liebsten in ihrer Tasse ersäufen, aber ich beherrsche mich und frage ganz ruhig: »Warum hat Großmutter Papa nie gesagt, dass Großvater nicht sein Vater war?«

»Ach, weißt du, das waren andere Zeiten. Solche Familiengeschichten kehrte man lieber unter den Teppich.«

»Und du? Konntest du es ihm nicht sagen?«

»Na, du bist ja gut, mein Liebling! Meinst du, es wäre an mir gewesen, meinen Bruder darüber aufzuklären, dass er ein Bastard war? Wo ich doch schon …«

Sie errötet und verstummt plötzlich. Ich bemerke plötzlich, dass auch meine Tante ihrem Vater nicht besonders ähnlich sieht. Großmutter Marthe war wohl ein heißer Feger.

Meine Tante liest in meinem Blick und wendet ihren ab.

Bleiben wir bei der Sache.

Ich fange an, mich aufzuregen: »Und ich? Ich! ICH?«

Ich übertreibe es etwas mit den Personalpronomen, ich weiß, aber ich bin aufgebracht.

»MIR hättest du es doch sagen können, *mir*! Jeden Geburtstag dieses Affentheater!«

Sie schüttelt ihren dicken Kopf, ihre dicken Backen zittern.

»Ich weiß, das war nicht recht. Aber was willst du machen, wir hatten alle so getan als ob, seit du auf der

Welt warst, und dabei bin ich geblieben ... Und als dann dein Vater starb, bin ich auch vorsichtig geworden, ich habe mir gesagt, wer weiß schließlich ...«

Ich erbleiche.

»Aber?! Warte mal ... Stimmt ja! Warum ist Papa dann mit sechsunddreißig gestorben? Er hatte doch überhaupt keinen Grund, wenn er kein Decime war!«

Meine Tante seufzt. Sie wischt sich eine Träne ab, tätschelt meine Hand. Ich verspüre eine dumpfe Scham, weil ich sie so wenig liebe. Wenn ich es versuchen würde, vielleicht ...?

Aber nein, wirklich, nichts zu machen.

»Dieser arme Maury ... Er redete seit Monaten von diesem Geburtstag, er machte ein Riesending daraus.«

Sie zuckt mit den Schultern und fügt dann etwas bitter hinzu: »Dein Vater machte immer ein Riesending aus allem.«

Als wolle sie sagen: Mit sechsunddreißig zu sterben ist doch kein Grund, so ein Affentheater zu machen. So ein Weichei, mein Vater.

Meine Tante fährt fort: »Vielleicht hatte er ja ein schwaches Herz? Das musste er von seinem Vater haben, Bunny, der ist mit nicht mal fünfzig an einem Herzinfarkt gestorben, während er in einer französischen Wollspinnerei Musterkataloge vorführte. Darum, wer weiß ... Die Angst? Die Aufregung?«

Ich sehe den prall aufgeblasenen Luftballon wieder vor mir, der das hochrote Gesicht meines Vaters verdeckte.

Mein fataler Nadelstich.

Mein Vater, wie er sich ans Herz griff und ächzend

zusammenbrach, im Blick eine Mischung aus Ergebenheit, Niedergeschlagenheit und äußerster Befriedigung – *Da! Hab ich's nicht gesagt?*

Ich versuche, mich wieder zu fassen.

»Und meine Mutter? Kanntest du sie gut?«

Tantchen jammert: »Ob ich sie kannte? Die arme Catherine. Sie war wie eine kleine Schwester für mich. Als sie weggegangen ist, wollte dein Vater nicht mehr, dass über sie geredet wurde. Ich durfte nicht einmal ihren Namen aussprechen. Aber wir haben uns noch lange geschrieben, sie und ich. Ich schickte ihr Postkarten oder ein Foto, zwei-, dreimal im Jahr, und erzählte ihr von dir.«

Ich fühle mich wie ein stumpfer Nagel, der mit dem Hammer in eine Mauer geschlagen wird. Ich beiße die Zähne zusammen, stehe auf und sage: »Dann weißt du ja vielleicht auch, wo sie jetzt ist?«

Tante Victoria nickt.

»Tja, das letzte Mal, als ich von ihr gehört habe, war sie im Gefängnis von Rennes. Das ist bald dreißig Jahre her. Ich nehme an, da ist sie immer noch ...«

Ich lasse mich zurück auf meinen Stuhl fallen.

»Na, du machst vielleicht ein Gesicht! Geht's dir nicht gut?«

»Doch, doch«, sage ich. »Es geht mir sehr gut.«

Ich bin der Enkel eines herzkranken Iren mit dem Vornamen eines Zeichentrickhasen, ich werde sicher auch an einem Herzinfarkt sterben, meine Mutter ist im Gefängnis, und ich habe meinen Vater umgebracht.

Es könnte mir nicht besser gehen.

Was für ein schreckliches Verbrechen mochte meine Mutter wohl begangen haben, um für dreißig Jahre im Knast zu landen? Das wagte ich Tante Victoria nicht zu fragen.

Ich sprang auf und machte mich aus dem Staub, ohne auch nur auf Wiedersehen zu sagen.

Sie heulte im Treppenhaus wie ein Schiffshorn – *Komm zurüüück! Komm zurüüück!* –, doch ich rannte die Treppe hinunter, so schnell ich konnte, mit glühenden Wangen und einem Puls von hundertvierzig, worauf ich ein, zwei Stunden durch die Straßen irrte und am Ende beim Crêpewagen landete, um das Ganze bei Nassardine und Paquita abzuladen – wobei Letztere nicht mal besonders überrascht wirkte.

Dazu muss man sagen, dass in ihrer Familie die Gefängnisse La Santé, Fresnes, Rennes oder Fleury-Mérogis öfter zur Sprache kamen als die Staatlichen Museen.

Nassar hilft mir, meine Siebensachen in einer Ecke des Gästezimmers zu stapeln. Er geht in seinem eigenen, gelassenen Rhythmus vor, während Paquita herumschwirrt wie eine Biene auf Amphetamin, sie klappt mein Schlafsofa auf, stellt entsetzt fest, dass das Bettzeug dringeblieben war – *Ach, jetzt schau dir das an, alles ganz zerknittert!* –, rennt los, um neues zu holen, frisch gewaschen und gebügelt und nach Lavendel duftend, entfaltet die Laken wie Banner und bezieht damit das Bett aufs akkurateste.

Sie fragt: »Willst du ein Kopfkissen oder zwei? Sag mir ruhig, wenn du zwei willst, ist kein Problem. Oder vielleicht eine Nackenrolle?« Dann: »Und was hättest du morgen gern zum Frühstück? Toast, ein weich gekochtes Ei, Zwieback, Marmelade?«

Und: »Warum ist deine Mutter denn im Knast?«

Nassardine zuckt zusammen.

»Paqui!«

»Ich bin mir sicher, es war ein Eifersuchtsdrama!«, fährt Paquita munter fort. »Ihr Mann hat sie betrogen, und da hat sie ihn abgemurkst!«

Aus ihrem Mund klingt das wie eine lässliche Sünde, eine romantische Tat.

In Paquitas Familie gibt es da Präzedenzfälle, wie sie das nennt. Zum Beispiel ihre Cousine Cindy, die ihren zu Seitensprüngen neigenden Kerl um einen halben Zentimeter gekappt hat, mit der Schere, an einer empfindlichen Stelle, während er seinen Rausch ausschlief. Wenn man mit einer Schneiderin verheiratet ist, sollte man eben nicht fremdgehen. Oder aber nicht schlafen.

»Vielleicht hat er sie auch geschlagen? Wenn ein Mann je die Hand gegen mich erhoben hätte, dann hätte ihm das ruckzuck leidgetan!«, fügt sie hinzu, während sie methodisch mit der Faust auf meine Kopfkissen eindrischt.

Paquita kann sich keine Sekunde lang vorstellen, dass meine Mutter allein geblieben sein könnte, nachdem sie meinen Vater verlassen hatte. Oder dass sie wegen eines bewaffneten Überfalls im Gefängnis sitzt. Für sie steht völlig außer Zweifel, dass meine Mutter jemand Anständiges sein muss.

Deshalb setzt sie nun alles daran, ihr ein romantisches, tragisches Liebesleben anzudichten, das den Umstand, dass sie seit bald dreißig Jahren im Gefängnis sitzt, entschuldigen könnte. Dafür braucht es Leidenschaft. Leidenschaft und Drama.

Sie betrachtet ihr Werk, zupft ein wenig an der Decke, um eine Falte zu glätten, streicht mit der Hand darüber und wendet sich mir dann mit einem zufriedenen Lächeln zu: »Ich bin mir sicher, dass deine Mutter nett ist.«

Ich kann nichts dafür, aber ich bin genervt.

»Meine Mutter ist abgehauen, als ich nicht mal zwei

war, weil sie Angst hatte, mich sterben zu sehen, was schon ganz reizend ist, und sie ist nie zurückgekommen, auch als sie wusste, dass es mir gut ging. Da ist ›nett‹ nicht unbedingt das erste Adjektiv, das mir zu ihr einfällt, verstehst du ...«

Paquita schüttelt den Kopf und wiederholt stur: »Mag sein, aber sag, was du willst, ich bin mir sicher, dass sie trotzdem nett ist.«

Dann: »Sonst hätte sie keinen so netten Sohn wie dich.«

Und schließlich, als entscheidendes Argument: »So ist das!«

Sie ist einfach entwaffnend.

Ich verzichte darauf, ihr zu erklären, dass der Charakter nicht zwangsläufig von der Mutter kommt, auch nicht vom Vater, sondern dass er auch durch Umstände und Begegnungen geformt wird, dass die Macht der Gene zum Glück ihre Grenzen hat. Ich kenne Paquita und ihre wunderbare heile Welt. Sie kommt aus einer Familie von egoistischen, beschränkten Idioten, die einem Zola-Roman entsprungen sein könnten, aber in ihrer rosaroten Zuckerwattewelt gibt es selbst für die übelsten Schufte immer eine Entschuldigung. Verträumt fügt sie noch hinzu: »Rennes soll übrigens eine schöne Stadt sein.«

Nassar seufzt, schaut mich an, lächelt entschuldigend, packt Paquita freundlich an den Schultern und schiebt sie hinaus: »Komm, wir lassen ihn mal seine Kisten auspacken.«

Im Flur höre ich Paquita flüstern: »Was denn? Was habe ich denn gesagt?«

Paquita ist betrübt. Sie hat keine Kinder, und das ist jammerschade, denn sie hat ein Mutterherz. Und deswegen kann sie nicht anders, als sich in meine Mutter zu versetzen und ihr ihre eigenen Gefühle unterzuschieben. Sie tut alles, um mich zu überzeugen. Sie setzt ihre ganze Energie, ihre ganze Eloquenz daran.

»Du solltest mit deiner Mutter reden. Man kann sich nicht verstehen, wenn man nicht miteinander redet. Du kennst ihr Leben nicht. Man soll nicht urteilen, ohne zu wissen, was los ist.«

Fast regen sich Zweifel in mir.

Soll ich versuchen, meine Mutter zu treffen? Und wenn ich es täte, was sollte ich ihr dann sagen?

Wir sind einander völlig fremd, sie mir noch ein bisschen mehr als ich ihr, da Tantchen ihr anscheinend ab und zu von mir berichtet hat. Für mich ist meine Mutter nichts als Luft, Abwesenheit und Leere.

Ich würde sie nicht einmal erkennen, wenn ich ihr auf der Straße begegnen würde. In einem Gefängnisbesuchszimmer genauso wenig. Ich kenne nur Fotos von ihr, auf denen sie jünger als dreiundzwanzig ist. Mein Vater hat in unseren Fotoalben gründlich aufgeräumt. Heute ist sie sechzig, ich stelle sie mir verschrumpelt vor, dick, mit

Augenringen und schütterem Haar, zerstört von Alkohol, Drogen und Prostitution, und über und über mit hässlichen, verblichenen Tätowierungen bedeckt.

Ich habe im Internet nachgeschaut, für welche Art von Verbrechen man dreißig Jahre aufgebrummt kriegt. Das war keine gute Idee. Mord, Vergiftung, besonders grausame Gewalttaten, Folter, Diebstahl oder Erpressung unter Androhung oder Gebrauch von Waffengewalt, Entführung oder Freiheitsberaubung und dergleichen mehr. Wenn man weiß, dass der Prozentsatz von Frauen hinter Gittern weniger als vier Prozent beträgt, dann ist meine Mutter mit Sicherheit eine Irre der übelsten Sorte, eine wahre Psychopathin. Ich sollte froh sein, dass sie mich verlassen hat.

Da hatte ich wohl Glück im Unglück.

»Ja, aber trotzdem«, beharrt Paquita.

Sie schaut mich an wie ein zu Unrecht bestraftes Kind. Und ich komme mir vor wie ein Dreckskerl.

Ich werfe Nassar einen Blick zu. Er wiegt den Kopf hin und her, als wolle er sagen: *Vielleicht hat sie nicht ganz unrecht …*

Ich werde die beiden enttäuschen, ich weiß, aber wenn ich mal eine Entscheidung treffe, tut mir leid, dann halte ich mich auch daran. Ich werde nicht nach Rennes fahren.

Der Pförtner ist so liebenswürdig wie ein Kerkermeister.

Ich gebe meinen Namen und meine Adresse an, erkläre den Grund meines Besuches, weise mich ordnungsgemäß aus, aber er betrachtet mich voller Misstrauen. Dann wendet er den Blick von mir ab und richtet ihn nervös auf den Lieferwagen, der direkt vor dem Eingang hält.

Nassardine sitzt am Steuer, hört mit voller Lautstärke Cherif Kheddam und betrachtet den Horizont. Mit seinem Dreitagebart sieht er aus wie das Klischee eines Arabers.

Der Aufseher beobachtet ihn mit professionellem Argwohn, lang genug, um im Geist ein detailliertes Phantombild zu erstellen, dann wendet er sich wieder mir zu.

Ich spüre seine Vorbehalte. Ich setze wieder an: »Man hat mir gesagt, dass meine Mutter hier ist.«

Er betrachtet mich wortlos, und sofort wird mir unbehaglich. Ich beginne mich schuldig zu fühlen, ich weiß nicht woran, aber es scheint ernst zu sein.

»›Man‹ hat Ihnen das gesagt? *Wer* hat Ihnen das gesagt?«

»Meine Tante.«

»Ihre Tante?«

Hat er vor, alles zu wiederholen, was ich sage? Aber ich gebe nicht auf.

»Ja, meine Tante.«

Er wartet.

Ich sauge mir eine plausible Geschichte aus den Fingern: Ich hätte seit meiner Kindheit im Ausland gelebt, ohne jeden Kontakt zu meiner Familie, sei erst vor drei Tagen nach Frankreich zurückgekommen, ich wusste nicht, dass meine Mutter hier war, meine Tante hätte es mir …

»Gut, gut. In welcher Abteilung ist denn Ihre Mutter?«

»…?«

»Untersuchungshaft oder Strafvollzug?«

»Ach so … Äh … Das weiß ich nicht.«

Ich bereue es schon, dass ich mich von Paquita und ihrem verfluchten großen Herzen habe überreden lassen – *Nun denk doch mal nach, Schätzchen, sie ist doch immerhin deine Mama! Und Rennes ist gar nicht so weit weg, wir machen einen kleinen Ausflug.*

Der Pförtner wird ungeduldig.

»Ihr Name?«

»Catherine Decime.«

»Wie buchstabieren Sie das? *D… E… C…* Warten Sie, nicht so schnell … *I… M…* Sagen Sie, gehört die Dame da zu Ihnen?«

Ich drehe mich um. Vor dem Eingang steht Paquita, in Minirock, Leopardenjacke und hohen Stiefeln, und winkt ihm freundlich lächelnd zu.

»Ja, das ist eine Freundin.«

»Das kann Ihre Freundin hier nicht machen. Sagen Sie ihr das, sonst hole ich die Polizei.«

Er seufzt und murmelt vor sich hin: »Vor einem Gefängnis auf den Strich zu gehen – in was für einer Welt leben wir nur, Herrgott!«

Dann lauter: »Und dann sagen Sie diesem Herrn, er soll seinen Lieferwagen woanders abstellen, vor dem Eingang parken ist verboten. Wir sind hier kein Bowlingcenter und auch keine Eisbahn.«

Ich gebe Nassardine mit Handzeichen zu verstehen, er solle seinen Wagen schleunigst wegfahren, und laufe dann zu Paquita, um ihr zu erklären, dass es streng verboten ist, Gefängniswärtern schöne Augen zu machen.

Sie wundert sich: »Ich habe ihm doch keine schönen Augen gemacht, ich wollte ihm nur sagen, er soll rüberkommen und sich eine Crêpe holen. Frag ihn, was für eine Sorte er will, dann bringe ich sie ihm, wenn er nicht raus darf.«

Ich antworte ihr, das sei keine gute Idee, Gefängniswärtern sei es auch streng verboten, Crêpes zu essen, und wenn sie keine Ruhe gäbe, würde ihn das vielleicht reizen.

»Dann vielleicht eine Galette? Was Herzhaftes, wenn er kein Süßer ist?«

»Auch nicht.«

Paquita ist enttäuscht.

»Ich wollte ihn ja nur milde stimmen …«

Ich gebe ihr einen Kuss auf die Wange, sage ihr, es sei

kalt und sie solle bei Nassardine im Lieferwagen auf mich warten, oder besser noch, sie sollten eine kleine Stadtrundfahrt machen, ich würde sie später anrufen. Ich gehe zurück zur Pforte.

D… E… C… I… M… E.

Catherine Decime.

Der Pförtner schlägt in seinem Verzeichnis nach, schüttelt den Kopf und sagt: »Habe ich nicht.«

Also gut. Ich will mich schon umdrehen und gehen, als mir eine Erleuchtung kommt.

»Vielleicht ist sie unter ihrem Mädchennamen hier?«

»Warum, ist sie geschieden?«

Ich möchte ihm sagen, dass ich keine Ahnung habe und dass er mir langsam ernstlich auf den Senkel geht, aber da ich feige bin und nicht weiß, wie weit seine Macht reicht, halte ich mich zurück, um meine Besuchschancen nicht aufs Spiel zu setzen oder zu riskieren, den Tag im Loch zu beenden.

Ich nicke und schaue einfältig drein.

»Na, Sie scheinen ja alle Zeit der Welt zu haben. Also, wie lautet ihr Name?«

»Catherine Boucau, wie die Stadt.«

»Bouco-wie was?«

»Boucau. Wie die Stadt.«

»…?«

»Wie die Stadt Boucau.«

Der Aufseher mustert mich, als würde ich mich über ihn lustig machen.

Das würde ich unter anderen Umständen sicher tun, aber irgendetwas sagt mir, dass es dafür nicht der richtige Moment ist. Ich wiederhole mit unbewegter Stimme: »Boucau. B-O-U-C-A-U.«

Der Aufseher blättert erneut in seinem Verzeichnis. Dann: »Auch nicht. Sind Sie sicher, dass sie hier ist?«

»Meiner Tante zufolge ja. Seit fast dreißig Jahren.«

»Ah, wenn es dreißig Jahre sind, dann ist sie im Strafvollzug. Nur habe ich sie nicht auf der Liste. Vielleicht ist sie verlegt worden. Ich will mal meinen Kollegen fragen.«

Der Aufseher ruft etwas über seine Schulter, und ein zweiter erscheint. Er sieht genauso aus wie er, nur älter. Der junge erklärt dem älteren, worum es geht.

Letzterer hört zu und nickt verständnisinnig, fragt leise nach: »Wie war der Name?«, verzieht das Gesicht, wendet sich mir zu und sagt: »In welcher Abteilung ist Ihre Mutter?«

Dann: »Sind Sie sicher, dass sie hier ist?«

Irgendwie ist mir, als hätte ich diesen Moment schon einmal erlebt.

Dann fügt er fatalistisch hinzu: »Auch wenn sie hier wäre, könnten Sie sie sowieso nicht sehen, weil donnerstags und freitags keine Besuchstage sind, Monsieur. Schauen Sie sich die Zeiten an, sie stehen auf dem Schild da.«

Ich verzichte darauf, ihm zu antworten, dass mir die Besuchszeiten schnurzpiepegal sind, nicke ihnen zu und bin schon fast weg, als der Alte mir nachruft: »He! He, Monsieur!«

Ich drehe mich um. Sieht aus, als hätte er nachgedacht. Er sagt: »Catherine Boucau, haben Sie gesagt?«

Ich stammele »ja«. Er fragt nach: »*Cathy* Boucau?«

Aufs Geratewohl sage ich noch einmal »ja« und trete einen Schritt zurück. Für den Fall, dass sie gefährlich ist und auf der Flucht – ich habe keine Lust, mich in irgendwas reinziehen zu lassen.

Da strahlt der alte Aufseher plötzlich.

»Warum haben Sie das nicht gleich gesagt?«

Dann: »Ich wusste gar nicht, dass sie einen Sohn hat!«

Das wusste sie wohl selbst nicht mehr so richtig, denke ich.

Er klopft dem anderen auf die Schulter: »Er meinte Cathy! Cathy Boucau! Doch, doch, du weißt schon: Kuschel!«

Da lächelt der kleine Klon auch breit und ruft aus: »Warum haben Sie das nicht gleich gesagt?«

Ich lächle dämlich.

Ich wüsste nicht, was ich anderes tun sollte.

Catherine Decime, geborene Boucau, genannt Cathy, genannt Kuschel, *sitzt* nicht im Gefängnis von Rennes, sie arbeitet dort.

Wenn ich die Erklärungen meiner Tante Victoria abgewartet hätte, statt wegzulaufen wie ein Idiot, hätte ich es erfahren. Meine Mutter ist Betreuerin in der Mutter-Kind-Abteilung, sie wird Kuschel genannt, weil sie Kuscheltiere sammelt für die Kinder, die dort leben, da die Frauen, die im Gefängnis ein Kind bekommen, ihre Babys bei sich behalten dürfen, bis sie achtzehn Monate alt sind, wie der Aufseher mir erklärt.

Angeblich lieben die Mütter sie, und sie liebt Babys.

Aber: »Sie haben Pech, donnerstags hat sie frei!«, meint der Aufseher betrübt. Ich traue mich nicht, ihm zu antworten, dass ich darüber ganz im Gegenteil hocherfreut bin und den Weg hierher sowieso nur auf mich genommen habe, um den beiden Spaßvögeln, die mich hergefahren haben, eine Freude zu machen. Ich schaue enttäuscht drein und sage, ich käme ein andermal wieder. Ich lasse ihn versprechen, Stillschweigen zu bewahren, um ihr die Überraschung nicht zu verderben. Er zwinkert mir komplizenhaft zu. Alles ist gut. Wir sind Kumpels.

Meine Mutter *liebt Babys* und kümmert sich seit über dreißig Jahren um sie. Wer hätte das gedacht. Will sie etwas wiedergutmachen, indem sie sich um fremde Säuglinge kümmert, damit irgendeine himmlische Instanz ihr verzeiht, dass sie mich im Stich gelassen hat? Hat es sie darüber hinweggetröstet, dass sie meinen Bruder verloren hatte? Oder ist das alles Küchenpsychologie, und das eine hat mit dem anderen nicht das Geringste zu tun?

Nassardine trinkt schweigend sein Bier. Er lässt mich reden, er weiß, dass ich das alles rauslassen muss und dass für Kommentare später immer noch Zeit sein wird. Paquita ist nicht so bedächtig, sie hüstelt, rutscht auf der Bank hin und her, ich spüre, dass sie fast platzt, weil sie unbedingt etwas sagen will. Ich hebe fragend eine Augenbraue.

Da strahlt sie und platzt heraus: »Ich hatte es dir ja gesagt!«

Dann: »Ich war mir sicher, dass deine Mutter nett ist! Sie hat nichts Böses getan, siehst du!«

Und: »Jetzt musst du aber froh sein, du wirst sie endlich wiedersehen!«

»Nein.«

Paquita verschlägt es die Sprache. Nervös zieht sie mit einem Ruck das enganliegende T-Shirt herunter, das ihr über den Bauch hochgerutscht war. Jetzt drohen ihre Brüste herauszuspringen, was dem Barmann hinter der Theke nicht entgeht. Nassardine wirft ihm einen leeren, toten Husky-Blick zu. Woraufhin der Barmann den Blick ab- und sich wieder seinen Pflichten zuwendet, den blutenden Daumen im Mund, mit dem er gerade vor lauter Schreck ein Glas zerbrochen hat.

Nassar folgt ihm mit dem Blick und zieht dann mit leichter Hand Paquitas Ausschnitt etwas hoch – sie hat von alldem nichts mitbekommen.

»Wie, *nein?*«, fragt sie.

Es war nicht leicht, Paquita zu erklären, dass ich keine Lust hatte, mit meiner Mutter zu reden. Ich wollte einfach nur wissen, wo sie war, mehr nicht. Ja, ich weiß, es war blöd. Nein, ich habe nicht mal nach ihrer Adresse gefragt.

Nein, ich bin mir auch nicht sicher, ob ich sie eines Tages besuchen werde.

»Ich kann dir nicht sagen, dass ich es nie tun werde, aber im Moment weiß ich es nicht und habe auch keine Lust, darüber nachzudenken.«

Warum? Ach ... Vor ein paar Tagen sollte ich noch sterben, ohne sie wiedergesehen zu haben, warum sollte sich daran etwas ändern?

»Ich habe mein ganzes Leben ohne sie gelebt, ich dachte, ich würde ohne sie sterben, wir sind Fremde. Ich hasse sie nicht, es ist viel schlimmer: Sie ist mir egal.«

Nassardine sagte nichts. Ich glaube, er versuchte mich zu verstehen – auch wenn es ihm schwerfiel –, einfach aus Freundschaft. Er hat seine Eltern in fast vierzig Jahren nur zweimal wiedergesehen. Sie sind in der Ferne gestorben, in Algerien. Für ihn ist es unvorstellbar, seine Mutter nicht wiedersehen zu wollen, so lange das noch geht. Aber er kennt meine Geschichte und weiß, was ich gerade durchgemacht habe. Er weiß, dass ich seit ein paar Tagen zwischen Entdeckungen und Enthüllungen, Missverständnissen und Irrtümern, Lügen und Täuschungen hin und her geworfen werde. Nichts von allem, was ich für wahr hielt, stimmt mehr. Mein Damokles-Schwert war aus Pappmaschee, und vielleicht reichte das aus, denn ich hatte letztlich nur armselige Windmühlen zu bekämpfen und nicht besonders viel Mut, sie anzugreifen.

In diesem Moment sind Nassardine und Paquita mein letzter Halt, der einzig feste Boden inmitten des großen Erdrutsches.

»Aber was machen wir denn jetzt?«, fragt Paquita mit dünner, brüchiger Stimme.

Ich habe alle ihre Träume zerstört.

Sie hat schon meine Mutter und mich für immer versöhnt vor sich gesehen. Sie hat von einer ganz nahen Zukunft geträumt, in der sie in ihrem kleinen Garten sitzen und meiner Mutter erzählen würde, wie ich mit siebzehn war, während Nassardine und ich zusammen die Garage fertig bauten. Sie würden Freundinnen werden. Sie würden Instantkaffee trinken. Sie würde ihr die gleiche Tasse wie ihre eigene kaufen, eine bonbonrosa Schweinetasse, die sie beide am Schwanz halten würden, *mit abgespreiztem kleinem Finger wie echte Prinzessinnen*.

Sie fragt noch einmal: »Und was machen wir jetzt?«

Sie sagt »wir«, weil sie alles, was mich betrifft, auch zu ihrer Sache macht.

Sie ist so traurig. Mit dünner Stimme fügt sie noch hinzu: »Du willst nach Hause, ja?«

Ich nehme sie in den Arm und mache ein paar Walzerschritte mit ihr.

»Wie wär's, wenn wir ans Meer fahren? Habt ihr Lust?«

Sie trocknet ihre Tränen, und Nassar lächelt mir zu.

Ich mag die beiden einfach.

Als ich ihr sagte, wohin ich fahren wollte, fiel Paquita aus allen Wolken.

Sie meinte: »An die Pointe du Raz? Wie weit ist das von hier?«

Dann: »*Drei Stunden* Fahrt ...?! Das ist zu weit! Du spinnst ja!«

Und: »Nassar, jetzt sag du doch mal was, das ist viel zu weit!«

Aber Nassar sagte nichts. Er streckte mir einfach die Schlüssel des Lieferwagens hin und meinte: »Fahr du, mein Sohn. Für so lange Strecken bin ich zu alt. Das wäre unvorsichtig.«

Ich lächelte. Die einzige lange Strecke, die er in seinem Leben je zurückgelegt hat, war seine Reise nach Frankreich. Und das Schiff hatte er nicht selbst gesteuert.

Ich ließ den Wagen an, stellte die Rückspiegel ein, schnallte mich an, und plötzlich wurde mir bewusst, dass ich gerade einen alten Jugendtraum wahr machte: Den Lieferwagen von Nassar und Paquita zu fahren. Und es war noch schöner, als ich es mir immer vorgestellt hatte. Ich sah die Straße von oben, ich hörte die Pfannen und Utensilien in den Schränken klappern, und ich hatte das Gefühl, in den Urlaub zu fahren, ohne meine Küche zu verlassen.

Die ganze Fahrt lang hielt Paquita Nassars Hand, und sie sprachen kein Wort.

Dann standen sie im böigen Wind und drückten sich fest aneinander.

Paquita hatte den Ozean noch nie gesehen, und noch nie hatte etwas sie derart aufgewühlt. Sie stand wie erstarrt auf dem Granitfelsen, der unerschütterlich den Stürmen der Iroise-See trotzt, und klammerte sich an ihren Mann. Nassardine legte einen beschützenden Arm um ihre Schultern. Er lächelte halb, die Augen von Tränen gerötet, *das kommt vom Wind, mein Sohn.*

Dieses Meer erinnerte ihn an das andere, an das, das ihn von seinem verlorenen Land trennt. Und an all die anderen Meere, die er nie überquert hatte, außer im Traum, er, der eine Milliarde Leben hätte leben mögen, als Waldläufer, Abenteurer, Freibeuter.

Ich fotografierte sie von allen Seiten, sie beide, das Meer, die Felsen und die großen weißen Vögel im Sturm.

Dann setzte ich mich hin und schaute auf den Horizont, leicht nach links.

Wenn ich die Augen fest genug zusammenkniff, könnte ich vielleicht New York und die Mündung des Hudson sehen, knapp fünftausendsechshundert Kilometer weiter.

Wenn ich mich noch mehr anstrengte, könnte ich Brooklyn sehen, dem Hudson River folgen, zwischen

Liberty Island und Ellis Island hindurch geradewegs auf Battery Park zu und in Manhattan landen.

Ich brauchte es mir nur vorzustellen.

Paquita kam und setzte sich dicht neben mich, Schulter an Schulter, eine Mutter und ihr Sohn. Sie fragte: »Wo schaust du hin?«

Und ich antwortete: »Aufs Meer.«

Aber das stimmte nicht.

Ich schaute nach Amerika.

Ich drehe mich im Gästezimmer im Kreis, ich fühle mich eingeengt zwischen Paquitas bestickten Kissen und der etwas zu beredten Tapete, die pausenlos zu rufen scheint: *Schaut euch meine Vögel, meine Streifen, meine Blumen an!*

Ich sortiere meine Kisten aus, um mich zu beschäftigen und Platz zu schaffen. Es hat keinen Sinn, Nassar und Paquitas Gästezimmer mit meinen Erstklässlerzeichnungen und meinen Tagebüchern – insgesamt drei Seiten – vollzurümpeln.

Daran hätte ich mich schon vor meinem Tod machen sollen, da war ich nicht sehr konsequent. Egal, zum Wegschmeißen ist es nie zu spät. Ich will mit leichtem Gepäck in mein neues Leben aufbrechen. Ich öffne eine Kiste. Darin finde ich allen möglichen Krimskrams, kleine Spielsachen, eine Sonnenbrille (ach, da war sie!). Ich öffne eine andere Kiste, die randvoll ist mit Computerspielen: *Donkey Kong, Super Mario Kart, Zelda, Sonic*, mein ganzes Leben …

Unter den Spielen kommt Jasmines Hut hervor.

Ich habe das Paket nie aufgemacht. Hatte ich Angst, ihren Geruch darin wiederzufinden, vielleicht ein Haar von ihr? Angst, etwas in den Händen zu halten, das sie in der Hand gehabt hat? Am Tag ihrer Abreise hätte ich ihn beinahe weggeworfen, als ich nach Hause kam. Irgendetwas hat mich daran gehindert, was genau, weiß ich auch nicht.

Ich schaue mir den Hut unter der Plastikfolie an. Wie eine Schmetterlingspuppe in einem durchscheinenden Kokon. Ich fühle mich seltsam berührt – packe ich ihn aus oder nicht?

Verrückt, wie altes Klebeband an den Fingern pappen kann.

Ich wusste gar nicht mehr, dass der Hut so schwer war.

Und auch so hart, als wäre etwas darin.

Ich legte ihn falsch herum hin, um zu sehen, was er im Bauch hatte. Er war so prall gefüllt wie ein Weihnachtsstrumpf.

Ich schüttelte ihn und dachte, der Inhalt würde sich über das Bett verteilen, aber nein, es hing alles zusammen. Er war gebaut wie diese Popup-Bilderbücher, aus denen, wenn man sie aufklappt, ganze Welten aus Pappe herausspringen.

Ich drückte vorsichtig auf den Hut, um ihn umzudrehen. *Plopp*.

Und ich setzte mich hin.

Es war der fabelhafteste Hut, den Jasmine sich je ausgedacht hatte. Er erzählte von uns beiden, von zwei Welten. Er war sie, er war ich. Er war unsere ganze Geschichte.

Auf einer Seite das Mansardenfenster ihrer kleinen Wohnung und die Dächer von Paris, eine Kaffeetasse, Kinokarten, ein Bett mit zerknüllten Laken, ein kleiner Eiffelturm, die Ufer der Seine mit ihren Vergnügungsbooten. Auf der anderen Manhattan, die Wolkenkratzer, die gelb-grünen Kacheln von Cathedral Parkway, der Subway-Station auf 110th Street West. Rundherum mit einem Reigen von Croissants und Cupcakes verziert. Ein winziges Flugzeug war an einem Stück Angelschnur befestigt und kreiste wie ein Mobile über dem Hut, Direktflug von Paris nach New York.

Ich öffnete Schubfächer, Fenster, Schachteln, und meine Augen glänzten immer mehr, mein Herz schnürte sich immer weiter zusammen. Hier ein weißes Taschentuch für Jasmines Augen. Da eine Schreibmaschine für meinen fiktiven Roman. Und überall, überall kleine Herzen, aus Papier, aus Stoff, in allen Farben. Jasmine hatte daran gedacht, eine Lupe an den Hutrand zu binden, damit mir auch nicht das winzigste Detail entging.

Hier eine Restaurantfassade: *Les Petits Français.* Da ein entzückender Laden mit lauter verrückten Hüten. Ganz oben auf dem Hut war Central Park. Jasmine hatte den Great Hill nachgebildet. Der Rasen war leuchtend grün, ringsherum standen riesige Ulmen mit Blättern aus Seidenpapier.

Vor dem Rasen waren drei Bänke aus Streichhölzern zu sehen, mitsamt ihren Messingschildchen, denn im Central Park kann man Bankpatenschaften übernehmen.

Als ich genauer hinschaute, bemerkte ich, dass das Schild auf der mittleren Bank anders aussah. Es war ein herzförmiges Blatt. Ich brauchte nicht einmal die Lupe, um zu lesen: »Jasmine and Mortimer forever«.

Der Vorteil des Internets ist, dass man durch alle Städte der Welt streifen kann, ohne aus dem Haus zu gehen. Man kann reisen, wohin man will, wann man will, jede Straße hinauf- oder hinablaufen, mit ein paar Klicks flanieren, von Ort zu Ort springen wie ein Floh, sich die Sehenswürdigkeiten anschauen, die Parks. Oder die Restaurants.

Man braucht nur eine ungefähre Adresse, zum Beispiel: 110th Street, Manhattan, und einen Restaurantnamen, sagen wir *Les Petits Français* …

Viel mehr braucht es nicht zum Träumen.

Ich habe nur einen kleinen Koffer gepackt und Jasmines Hut in meinen Rucksack gesteckt. Ich frage mich nicht mehr, ob ich Angst habe vor der Reise – ich kenne die Antwort.

Ich bin vor Angst halb tot, das lässt sich nicht leugnen.

Mit dem Geld für meine Beerdigung habe ich einen Hin- und Rückflug gebucht. Für den bloßen Hinflug hat mir der Mut gefehlt, und diese Feigheit bereue ich jetzt schon.

Mein Geld wird für ein paar Tage reichen, dann werde ich improvisieren. Wenn ich mein Leben ausnahmsweise mal interessant finde, will ich mich nicht mit Kleinigkeiten aufhalten.

Je näher meine Abreise rückt, desto nervöser wird Paquita. Sie seufzt tief in ihrer engen Bluse. Sie sagt mir mindestens zum dritten Mal: »Ich habe dir Crêpes mit Schinken und Käse gemacht. Und zum Nachtisch eine mit Schokolade, wie du sie magst.«

Dann: »Sie sollen sie dir im Flugzeug aufwärmen, zum Mittagessen, ja? Warm schmeckt es besser.«

Und: »In die Flasche habe ich dir Cidre gefüllt.«

Ich traue mich nicht, Paquita zu sagen, dass es verboten ist, Essen und Getränke mit durch die Sicherheitskontrolle zu nehmen, und dass ihre wunderbaren Crêpes im Mülleimer landen werden. Ich werde mir in der Abflughalle ein schlechtes Sandwich kaufen müssen. Ich danke ihr und drücke sie fest. Sie versucht, nicht zu weinen, Nassardine nagt an seinem Schnurrbart. Sie haben darauf bestanden, mich nach Roissy zu begleiten, bis zu meinem Terminal. Ich glaube, wenn sie gekonnt hätten, wären sie sogar bis zu meinem Platz im Flugzeug mitgekommen, um sicher zu sein, dass ich gut sitze und ordentlich angeschnallt bin, mit ihrem tiefbesorgten Ausdruck, als würde ich in ein Exil ohne Wiederkehr aufbrechen, irgendwo in den Weiten des Universums.

Nassardine hat seinen Hochzeitsanzug angezogen, sich einen Mittelscheitel gezogen und seinen Schnurrbart getrimmt. Paquita sieht prachtvoll aus, ganz in Leder und Spitzen. Sie wackelt auf neuen Stöckelschuhen herum, rosa mit weißen Punkten. Ihr Make-up ist vor lauter Aufregung etwas missraten, die Wimperntusche verwischt, der Lippenstift nicht ganz da, wo er sein sollte.

Ich stelle mich zwischen die beiden und nehme sie stolz am Arm. Ich komme mir vor wie der Sohn von Groucho Marx und einer pensionierten Dragqueen, aber wer das zum Lachen findet, kann mich mal.

»Macht es dir was aus, wenn ich versuche, deine Mama anzurufen, während du weg bist?«, fragt Paquita.

Dann: »Weil, verstehst du, ich habe mir gedacht, wenn ich sie zuerst sehen würde, dann könnte ich dir schon mal sagen, ob sie nett ist oder nicht.«

Und: »Man weiß ja nie, sie könnte mir vielleicht Sachen erklären, mir sagen, was passiert ist, warum sie nicht zurückgekommen ist. Wir könnten von Frau zu Frau reden.«

Fast hätte sie gesagt: »Von Mutter zu Mutter.«

»Mach, was du willst«, sage ich.

Heute möchte ich der ganzen Welt nur Freude machen.

Paquita drückt meinen Arm, sie ist froh. In Paquitas Welt braucht es Liebe und Harmonie.

»Wie lange hast du Jasmine jetzt nicht mehr gesehen?«, fragt plötzlich Nassar, um das Thema zu wechseln.

»Zwei Jahre, acht Monate und zwei Tage. Ungefähr.«

»Wer weiß, vielleicht hat sie in der langen Zeit nicht auf dich gewartet ...«, meint Paquita voller Sorge.

Aber sie fängt sich sofort wieder: »Na ja, das habe ich so dahergesagt, aber bin mir sicher, dass du deine Jasmine wiederfinden wirst, keine Angst.«

Sie sucht bei Nassardine Unterstützung: »Oder, Nassar? Stimmt doch? Zwei Jahre und acht Monate, was ist das schon?«

Sie wiederholt: »Was ist das schon? Oder? Letzten Endes?«

»Es ist gar nichts«, antwortet Nassar schlicht.

Er sieht mich an. Ich lese seine ganze Besorgnis in seinen Augen – und wenn ich Jasmine nicht wiederfände? Und wenn sie völlig verändert wäre? Wenn sie mich nicht mehr liebte? Wenn ich sie nicht mehr liebte? Wenn sie ein Kind hätte, einen Mann? Wenn, wenn, wenn ...?

Er sagt: »Wie alt ist Jasmine denn inzwischen?«

»Neunundzwanzig.«

(In einem Monat.)

Paquita jauchzt.

»Neunundzwanzig! Da ist sie ja noch ein Kind! Ihr habt das Leben vor euch!«

Dann, als würde sie sich auskennen: »So groß ist New York gar nicht.«

PROPILOG
(Ein Epilog in Gestalt eines Prologs,
oder umgekehrt)

Anders, als Paquita denkt, ist New York sehr wohl eine große Stadt.

Ich habe ein Zimmer in einer Jugendherberge gefunden, was zu beweisen scheint, dass die Amerikaner es nicht allzu genau nehmen, wenn man mein Alter bedenkt.

Ich hatte nur einen einzigen Reiseführer im Gepäck, den kleinsten, den ich finden konnte. Einen über Manhattan, sonst nichts.

Als ich vorhin aus der Station Cathedral Parkway heraustrat, fühlte ich mich erstaunlicherweise wie zu Hause. Ich lief zwei Stunden lang aufs Geratewohl durch die Straßen, als wäre ich zu früh zu einer Verabredung gekommen. Außer dass ich gar keine Verabredung hatte, oder zumindest kam ich zwei Jahre und acht Monate zu spät. Es war kalt, aber nicht allzu sehr. Das gleiche Wetter wie in Paris an einem schönen Märztag.

Ich habe drei SMS von Paquita bekommen.

Wie geht's dir, Schätzchen?

Dann: *Ich habe deine Mama angerufen.*

Und: *Ich hatte recht, sie ist unheimlich nett!*

Und eine SMS von Nassar: *Ich wette, die können da drüben nicht mal Kaffee kochen.*

Als ich vor dem Restaurant *Les Petits Français* ankam, fiel mir ein, wie ich das erste Mal die Tür des Hundesalons *Für alle Felle* aufgestoßen hatte, um Jasmine wiederzufinden.

Ich trat etwas beklommen ein, ging zur Theke, stellte Fragen. Der Typ, der mir antwortete, hieß Romain, so stand es auf seinem Namensschild. Dieser Romain sah mir ganz nach einem netten Kerl aus. Als ich ihm sagte, dass ich Jasmine suchte, warf er mir einen komischen Blick zu. Dann fragte er mit einem seltsam schüchternen Lächeln zurück: »Bist du der Schriftsteller?«

Ich habe nicht versucht herauszufinden, ob er froh oder enttäuscht war. Ich habe auch nicht gefragt, ob Jasmine verheiratet sei, ob sie Kinder habe, ob, ob, ob.

Ich habe einfach nur gefragt, ob ich Jasmine sehen könne.

»Sie arbeitet nicht mehr hier, seit fast einem halben Jahr.«

Ich dachte, ich hätte mich geistig auf diese Möglichkeit vorbereitet, aber es half nichts. Auf Katastrophen ist man nie vorbereitet. Man kann eine Szene tausendmal proben, aber wenn man sie wirklich spielen muss, weiß man seinen Text nicht mehr. Ich stand wie vor den Kopf geschlagen da.

Romain nickte und sagte: »Sie hat ihren Laden eröffnet. Sie lebt über ihrer Boutique, in einem Loft.«

Da hatte ich das Gefühl, zum ersten Mal in meinem Leben Luft zu holen. Und mir wurde klar, warum Babys schreien: Luft holen tut weh. Es ist ein notwendiger Schmerz.

Romain kritzelte etwas auf einen Klebezettel und sagte: »Hier hast du die Adresse. Es ist zwei Blocks von hier nach Norden.«

Dann schaute er auf sein Handy und meinte: »Aber um die Uhrzeit wird sie nicht da sein. Bei schönem Wetter macht sie immer im Central Park Mittagspause.«

Ich nickte. Wir drückten uns die Hand.

Er wiederholte, wie um sich selbst davon zu überzeugen: »Dann bist du also der Schriftsteller ...«

Ich habe ja gesagt, um ihm eine Freude zu machen.

Den Weg zum Great Hill kannte ich auswendig.

Ich wusste schon, wo ich auf Jasmine warten würde: Auf der mittleren Bank, unter den hundertjährigen Ulmen, vor dem schönen grünen Rasen.

Ich danke Cécile R. für ihr stets offenes Ohr und für ihre seit fünfzehn Jahren gleichbleibend feine und aufmerksame Lektüre.

Ich danke Saïd H., Berater in Kulturfragen.